KB048929

별이
빛나는 건
흔들리기
때문이야

별이
빛나는 건
흔들리기
때문이야

김제동
김창완
조수미
이현세
최재천 외
41인 지음

샘터

십대들을 위한 기도

이해인

하늘의 별, 땅의 꽃
자기의 마음속을 들여다볼
한 치의 여유도 없이
피곤하고 숨 가쁘게 살아가는
오늘의 십대들에게
우리는 늘 미안하고 할 말이 없는
힘없는 어른들이지만
변함없는 사랑으로
가까이 다가서고 싶은 마음을
가끔은 기도 안에 접습니다

우리의 십대들이 언제나
우울의 늪에 빠지지 말고
햇살 같은 웃음 속에 살게 해 주십시오
그들의 웃음 속에 담겨 있는
희망과 기쁨으로
우리의 삶 또한 밝아질 것을 믿습니다

그들이 미래의 꿈과 이상에
항상 설레이는 시인의 가슴으로 살되
허황된 욕심이나
병적인 자기도취에 빠져
오늘의 시간을 낭비하지 않게 하십시오

날로 발전하는 전자 문화, 영상 매체
물질문명의 혜택을 즐기며 살되
책을 멀리하지 않고
독서와 사색으로
내면의 뜰을 가꾸어 가는
지혜로운 사람들로 성숙하게 해 주십시오

생각하는 능력과 정서를 잃어버린
기계 인간이 될까 우리는 두렵습니다
부모, 형제, 친구, 스승들을
진심으로 존경하고 사랑하며
감사의 표현을 할 줄 아는 십대
자기 자신을 아끼고 사랑하되,
다른 이의 필요에도
선선히 마음의 창을 열어
도움의 손길을 펴는
'작은 천사'들이 되게 해 주십시오

세상엔 참으로 많은 사람들이
불행 속에 아파하고 있음을
좀 더 자주 기억하게 해 주십시오
성급함을 다스려 나가는 인내의 힘
충동적인 감정을 제어하는 절제의 힘
지루하지만 꼭 필요한 기다림의 긴 과정과 용기 없이는
누구도 인생의 승리자가 될 수 없고
빛을 누리는 자유인이 될 수 없음을
더 늦기 전에 깨우치게 하십시오

눈에 넣어도 아프지 않을
우리의 소중한 십대들이
어리지만 당당하고 단호한 의지
양심에 충실하여
더욱 맑고 총명한 눈빛으로
매일을 살아가게 하십시오

맡은 일에 최선을 다하는 사람
남의 핑계를 대지 않고
자신의 실수를 인정하는 겸허한 사람
끈질긴 유혹에도 굴하지 않고
몸과 마음의 순결을 지키는 사람
문장에 매듭을 지어 주는 마침표처럼
인간관계의 뒤끝이 깨끗한 사람

그래서 더욱 아름답고
매력 있는 젊은이로
우리의 길잡이가 되게 해 주십시오

어른들의 나태한 적당주의, 안일한 편리주의
교만한 이기주의에 끝없이 도전하며 전진하는 십대
내일을 위해 오늘을 충실히 사는
살아 있는 십대, 빛나는 십대로
새로운 도약을 준비하게 하십시오

이해인
....

수녀, 시인입니다. 1976년 첫 시집 《민들레의 영토》를 펴낸 이래 열 권의 시집과 《꽃삽》,
《꽃이 지고 나면 잎이 보이듯이》 등 여덟 권의 수필집을 펴냈습니다. 출간한 책은 모두 스
테디셀러가 될 만큼 종파를 초월하여 많은 독자들의 사랑을 받았습니다. 초 · 중 · 고 교과
서에도 그의 시들이 수록되어 있습니다. 여성동아대상, 새싹문학상, 부산여성문학상, 올림
예술대상 가곡작시상, 천상병 시문학상 등을 수상했습니다.

꿈은커녕 뭘 좋아하는지도
모르겠다는 너에게

흔들리는 눈동자로 나에게 다가왔던 너.

"꿈을 가져야 꿈을 이룰 수 있다고 하셨는데 저는 제가 뭘 좋아하는지도 모르겠고, 무엇을 하고 싶은지도 모르겠어요."

덜 끝낸 숙제 노트를 들고 있는 것 같은 너의 눈동자를 보는 순간 어른이란 이름으로 꿈마저도 숙제처럼 강요하고 있었구나 하는 자책감이 들었단다.

열서너 살, 열대여섯 살의 나이는 아직 꿈을 정하기엔 이른 나이야. 꿈이 없어서 마음이 날마다 흔들려도 괜찮은 나이야. 아직은 꼭 이루고 싶은 간절한 꿈이 없어도 괜찮아. '꼭 해내고 말거야' 오기 부리지 않아도 돼.

그래도 꿈이 없는 네 모습이 불안하다면 오늘부터라도 '관심 가는 것이 무엇인지 알아보자'는 마음으로 사물을 보는 거야. 어떤 일은 왜 좋은지, 왜 싫은지, 그리고 그 상황은 왜 피하고 싶은지, 어떤 상황은 왜 더 관심 갖고 싶은지 말이야.

이렇게 너에게 일어난 일이나 너를 둘러싼 환경을 조금씩 다르게 보는 연습을 시작해 봐. 그러면 물음표 없이 바라볼 때와는 전혀 다른 관점으로 세상과 너를 바라보게 될 거야. 자신을 다른 눈으로 바라볼 수만 있어도 너는 성장의 나이테를 만들고 있는 거야.

십대는 그런 것 같아. 늘 친구들과 뭉쳐 있지만 혼자인 것 같고, 끊임없이 말하지만 하고 싶은 말이 아직도 가슴 가득 남아 있고, 웃고 있지만 쉽게 눈물 흘리고, 쉬고 있지만 '쉬어라'라는 엄마의 말이 가장 듣고 싶은 나이. 오늘은 밀려오는 도전이 무엇이든 다 부딪쳐 이겨 낼 수 있을 것 같다가도, 내일은 깊은 한숨 속에 나를 꽁꽁 숨겨 버리고 싶은 나이. 그렇게 하루에도 몇 번씩 흔들리는 게 십대인 것 같아.

30년 전에도 십대를 바라보면 지금의 너를 바라보는 것과 같은 마음이었어.

'갈 만한 곳도 없고 쉴 만한 곳도 없고 터놓고 이야기할 수 있는 상대가 없어 홀로 고민하는 십대'들을 보며 잠시라도 마음을 내려놓고 힘을 얻을 수 있는 소통의 창이 되고 싶어서 〈십대들의 쪽지〉를 만들기 시작했어.

'쪽지'라는 이름처럼 16페이지 소책자에 많은 인생 선배들이 자신의 경험담과 인생관을 진솔하게 나눠 주셨지. 〈십대들의 쪽지〉는 그 관심과 사랑을 먹고, 처음 쪽지를 읽었던 십대가 이제 십대를 키우는 엄마아빠가 된 오늘까지 존재할 수 있었단다.

이 책은 오늘 포기하는 것이 더 쉽고 편하다고 생각하며 앉아 있는 너에게 어른들이 건네는 손길이야. 포기하는 것은 내일도 빠르니 오늘은 이 손을 잡고 일어나 다시 한 번 시작해 보자고.

성공한 사람들의 빛나는 성공기가 아니라 때로 실패하고 넘어지고 아팠지만 그럼에도 불구하고 자신의 꿈을 놓지 않았던 어른들이 들려주는 속 깊은 이야기야. 단지 네 마음을 위로하고 지나가는 말이 아니라, 책을 읽고 나면 덮어 두었던 내일의 노트를 다시 꺼내 정갈하게 노트 정리를 하도록 힘을 주는 그런 이야기 말이야.

불안한 눈빛으로 미래를 바라보는 너에게, 흔들리면서도 별을 바라보기를 포기하지 않았던 어른들이 마음을 열어 놓고 건네는 이야기를 들어 보지 않을래?

꼭 처음부터 읽을 필요는 없어. 어느 페이지를 읽어도 네 마음을 만져 주고 가슴을 툭 치는 이야기를 들을 수 있을 테니까.

〈십대들의 쪽지〉가 30년이 되는 해에
발행인 강금주

차 례

첫 번째 TALK   생각지 못한 벽에 부딪혀 넘어진 너에게

한 번 졌다고 계속 지는 건 아니야

두 번째 TALK　　무엇이든 될 수 있지만 아무것도 하지 않는 너에게

오늘 걷지 않으면 내일 뛰어야 해

세 번째 TALK ● 친구가 나보다 잘나 보여 작아진 너에게

너는 너인걸

한 번 졌다고
계속 지는 건 아니야

하다 마느니
실패하는 게 나아

정연식

세상은 내가 하고 싶은 것은 무엇이든 못 하게 했습니다. 어려서는 연극배우, 커서는 화가가 되고 싶었지만 아무것도 할 수 없었습니다. 디자이너든, 영화든, 음악이든 내가 하고 싶은 것은 뭐든 어려운 가정 형편이나 친구 혹은 선배, 동료의 이름을 빌려 못 하게 했습니다. 그나마 세상이 작게나마 허락해 준 것이 서른을 넘겨서야 우연찮게 시작한 '만화'였습니다.

만화를 그린다고 대학의 만화 관련 학과를 나오거나 유명한 스승 밑에서 제대로 배운 것도 아닙니다. 학창 시절에도 공부를 딱히 잘한 것은 아니었습니다(실은 정말 못했습니다). 운동에 소질이 있는 것도 아니어서 대부분 친구들과 떨어져 혼자 놀았습니다. 요즘으로 치면 왕따도 그런 왕따가 없을 겁니다.

평소 부모님이 확실히 심어 주신, 사막에 던져 놔도 혼자 살아남는 자립심 하나로 야간 대학을 졸업한 후 홀로 상경했습니다. 처음 들어간 곳은 광고 제작사였습니다. 그곳에서 4년여를 보낸 후 어렵게 '감독' 명함을 얻었지만 회사 사정으로 거기서도 나올 수밖에 없었습니다. 꿈꾸던 영화와는 다시 거리가 멀어진 셈입니다. 하지만 오히려 잘됐다고 생각하며 다시 그림을 그릴 결심을 했습니다.

시간이 날 때마다 동네의 폐지를 모아 팔면서 부지런히 그림 연습을 했습니다. 여러 잡지사와 편집 회사에 내 그림들을 보냈는데, 다행히 몇 군데서 삽화 의뢰가 들어왔습니다. 고료로 들어오는 돈은 무척 적었지만, 그래도 노력의 결과가 바로 내 눈에 보이는 것이라 더욱 열심히 그리고 또 그렸습니다.

그렇게 한 계단 올라서는가 했는데, IMF가 터졌습니다. 잡지사들은 문을 닫았고, 어렵게 얻은 일거리들은 대부분 사라져 버렸습니다. 혹독한 겨울은 언제나 끝이 날지 앞이 보이지 않았고, 무얼 해서 먹고살며 견뎌야 하나 고민이 깊어 갔습니다.

그러던 어느 날 만화를 하는 친구가 어느 신문사에서 주최하는 만화 공모전이 있으니 한번 응모해 보라고 했습니다. 하룻밤 사이 급히 작업을 해 출품했는데 운이 좋았는지 입상했습니다. 물론 큰 상은 아니었고, 제일 아래에 있는 상이었지요. 그런데 어찌 된 일인지 1등, 2등을 제치고 꼴찌 상을 받은 내게 덜컥 한 스포츠 신문이 연재 제안을 했습니다.

생전 처음 해보는 매일 연재. 휴일도 없고, 명절도 없고, 개인 생활도 없이 작업에만 매달렸습니다. 매일매일 신문에 올릴 원고를 보내야 한다는 중압감에 제대로 잠도 이루지 못할 정도였지만, 덕분에 생활고는 해결할 수 있었지요. 그다음 해 '오늘의 우리 만화상'과 '만화대상 신인상'을 동시에 받았고, 당시로선 드물게 연재 1,000회를 넘겨서 팬들과 자축 파티를 벌이기도 했습니다.

아이돌 연예인 부럽지 않은 인기도 누렸지만 그것도 잠시였습니다. 이런저런 사정으로 신문 연재를 접어야 했습니다. 그리고 기도원, 수련원 같은 곳을 다니며 내 삶에 대해 돌아보는 시간을 가졌습니다. 내가 무엇을 좋아하는지, 무엇을 해야 가장 행복할지 생각했습니다.

하산한 후에는 내가 하고 싶던 일들을 하나씩 시작했습니다. 딸을 위해 동화를 지어 연극배우처럼 구연해 주었고, 노래를 만들고, 집 안의 작은 부분들을 디자인했습니다. 그것은 어찌 보면 남이 아닌 나 자신을 위한 것이었습니다. 내가 즐겁게 할 수 있는 유일한 한 가지가 '이야기 만드는 일'이라는 깨달음을 얻었기 때문입니다.

연극도, 음악도, 영화도, 디자인도 모두 스토리, 즉 이야기라고 생각했습니다. 그렇게 슬쩍고도 기쁘게 세상과 소통한 덕분에 웹툰으로 연재했던 두 작품 모두 영화와 드라마로 만들이지고 있고, 그토록 열망했던 영화감독의 꿈을 이룰 수 있는 기회도 생겼습니다.

이제 와서 돌이켜보면 세상은 무엇이든 못 하게 하려 했던 것이 아니었습니다. 잘하는 한 가지를 찾아가는 길을 알려 주려 한 것이었습니다. 그리고 느리고 서툴러도 그것을 찾아가는 것이 인생이 아닌가 싶습니다.

스스로 그 꿈을 버리지 않는 이상, 꿈은 반드시 이루어집니다. 남들이 보기에 성공한 인생은 아닐는지 모릅니다. 하지만 나는 오직 한 가지, 내 꿈과 행복을 위해 목숨을 걸 생각입니다. 남을 위해, 남들에게 보여 주기 위한 삶을 살지 않을 것이라는 뜻입니다.

여러분이 가고 있는 그 길이 바로 여러분을 만듭니다. 남들의 잣대에 의한 1등보다는 나 자신에게 1등이 되기 바랍니다. 그래서 자신의 인생에서 성공하기 바랍니다. 나는 실패보다는 미완성이 두렵습니다. 실패는 더 좋은 성공으로 다가올 수 있지만, 미완성은 영원한 미련으로 남기 때문입니다.

 정연식

만화가이자 영화감독입니다. 대학에서 서양화와 산업디자인을 공부했습니다. 1993년 대한민국 현대미술대전에서 본상을 차지했지만, 화가가 되는 대신 광고제작사에 입사해 3년간 PD로 일했습니다. 이후 1999년 국민일보 만화공모전에 입선한 후 〈또디〉, 〈달빛 구두〉 등을 내놓으며 관심을 받았고 2011년 〈더 파이브〉를 연재해 큰 인기를 끌었습니다. 그리고 2013년 개봉한 영화 〈더 파이브〉로 영화감독의 꿈을 이루었습니다.

좌절은
부끄러운 일이 아니다

이근후

꿈이 없으면 사람들은 살아갈 의욕을 잃습니다. 꿈이 너무 허황해도 현실적으로 이루기가 어렵지요. 꿈이 좌절되면 사람들은 누구나 고통스러워합니다. 좌절의 원인이 나 이외의 다른 무언가라고 생각하면서, 자신을 괴롭히지요. 그 원인이 나에게 있다고 생각하면 감당하기 어려울 것이기에 그 화살을 다른 곳으로 돌리는 것입니다.

내가 처음 겪은 좌절은 대학 입학시험 때였습니다. S대 의대를 지망했는데 보기 좋게 떨어졌습니다. 고등학교 때 성적이 좋았기에 떨어지리라고는 꿈에도 생각하지 못했지요. 막상 낙방이 현실화되자 여간 좌절되는 것이 아니었습니다. 주위에서 해주는 위로의 말도 위선으로 들리고, 그런 말을 해주는 사람들이 공연히 밉기까지 했습니다.

'나는 실력이 있는데 성적을 잘못 매긴 것일지 모른다'고 남탓을 하면서 겨우겨우 자존심을 유지했고, '1점 차로 아슬아슬하게 떨어졌다'는 허구를 애써 믿으려고 했습니다. 채점이 잘못되었든, 1점 차이였든 '낙방'은 엄연한 현실이었지만 받아들이지 못한 것이지요. 재수하는 동안 전반부의 6개월쯤은 이런 분노를 삭이노라고 정작 공부는 손도 대지 못했습니다.

만나는 사람에겐 묻지도 않은 변명을 했으며, 나를 만나고 싶어 하는 친구들은 여러 가지 핑계를 대면서 피했습니다. '어떻게든 다음 해엔 보란 듯이 합격하여……' 하는 공상을 되씹기도 했지만, 이러한 생각과 행동은 나를 더 피곤하게 할 뿐이었습니다.

그때만 해도 재수학원이 없을 때라 책을 챙겨 절로 들어갔습니다. 그 절은 지금도 내가 자주 찾는 아늑한 산사(山寺)로 고시 공부하는 사람들을 제외하곤 찾는 이도 드문 한적한 곳이었습니다. 감나무의 잎새가 낙엽 되어 떨어지던 그해 가을 유난히 감이 붉게 보이던 어느 날, 문득 나의 실패가 잘못된 공부 습관 때문이었음을 깨달았습니다. 채점 선생님이 하필 내 시험지만 잘못 매길 이유는 없으니까요.

'1점 차라고 자존심을 내세웠지만 떨어진 건 분명하잖아.' '수학을 이해해서 푸는 게 아니라 암기해서 푼다면 그건 올바른 공부의 방법이 아니다.' 이런 생각들이 나를 일깨웠고, 그제야 오랜 허구의 터널에서 홀가분하게 벗어날 수 있었습니다.

나는 그날로 산사를 뛰쳐나왔습니다. 허구에 매달려 그럴싸한 체면치레 속에 인주했지만, 그것이 오히려 실패를 부른 중요한 요인임을 깨달은 것이지요. 그해 가을부터 새롭게 공부를 시작했고, 훨씬 수월하게 시험을 치른 뒤 원하는 학과에 합격했습니다.

어른이 되고서도 곧잘 좌절의 원인을 나 이외의 것에서 찾거나 그러기를 바랐던 적이 많습니다. 어른이 된 후 겪었던 일 하나를 고백해 볼까요. 나는 의사이기 때문에 많은 환자를 봅니다. 그런데 처음 나를 찾아왔을 때보다 치료받으면서 경과가 점점 악화된 환자 때문에 보호자에게 단단히 항의를 받은 적이 있습니다.

나는 열심히 치료했는데 증상이 악화된다니 여간 곤혹스럽지 않았습니다. 그래서 곰곰이 살펴보니 약을 잘 먹지 않았을 뿐 아니라 치료에 주의를 게을리한 점이 발견되어 잘 설명해 드렸습니다. 그래도 증상은 호전되지 않았습니다.

그런데 시간이 지난 뒤 생각해 보니, 내가 내린 진단에 문제가 있었습니다. 물론 이미 환자는 퇴원해 다른 곳으로 멀리 가 버린 뒤였지요. 조금만 더 찬찬히 살폈더라면 하는 아쉬움이 남았습니다. 환자뿐 아니라 치료자인 나에게도 원인이 있었던 것이지요. 이렇듯 모든 원인이 다른 곳에 있다고 생각하면, 나에게 있는 원인을 살피는 데 소홀하고 맙니다.

그래서 나한테 있을지도 모를 원인을 먼저 생각해 보는 습관은 매우 중요하고, 우리를 성숙하게 만들어 줍니다. 그렇다고 무엇이든 다 내 탓이라고 둘러대라는 뜻이 아닙니다. 나로 인하여 발생했을지도 모르는 측면을 간과해서는 안 된다는 말입니다.

무엇이든 다 내 탓이라고만 주장하는 것은, 무엇이나 남의 탓이라고 둘러대는 것과 같습니다. 단지 원인을 객관화해서 보

는 슈시를 먼저 나에게로 돌려 보자는 뜻입니다.

지금 여러분이 겪는 좌절로 인생이 끝장이라도 난 것처럼, 스스로를 괴롭힌다면 이는 지나친 것입니다. 아픔이 크겠지만 그 좌절을 수습하기 위해서는 아픔을 딛고 서는 힘도 함께 길러야 합니다. 인생을 살아가다 보면 지금 겪고 있는 것보다 훨씬 더 깊고 아픈 좌절에 직면하게 될지도 모르기 때문입니다.

드리고 싶은 충고는 세 가지입니다.

첫째, 꿈이 너무 허황되고 실현성이 없는 것이라면 실제 수준으로 조정해 보는 것이 현명합니다. 이룰 수 있는 꿈이라야 아름다운 것입니다.

두 번째는 좌절의 원인이 어디에 있는가를 직면하는 용기를 가집시다. 그리고 안타깝지만 그 원인을 나에게서 먼저 찾아 봅시다. 내가 나를 진정하게 볼 수 있다는 것은 굉장한 힘입니다. 그런 힘을 가진다면 어떤 실패도 극복할 수 있을 것입니다.

마지막으로 원인을 찾았다면 과감히 행동을 수정하는 저력을 보입시다. 알았다면 다시는 그러한 좌절을 같은 방법으로 되풀이해서는 안 됩니다. 그러지 않기 위해서는 우리가 깨달은 바를 바로 실천에 옮겨야 합니다.

좌절하는 것은 부끄러운 일이 아닙니다. 좌절을 자기를 괴롭히는 구실로 삼는 것이 부끄러운 것입니다.

 이근후

이화여대 명예교수입니다. 정신과 전문의로 50여 년간 환자들을 돌보고 학생들을 가르쳤습니다. 76세의 나이에 고려사이버대학 문화학과를 최고령으로 수석 졸업한 그는 "일흔 넘어 한 공부가 가장 재미있었다"고 말합니다. 퇴임 후 아내와 함께 사단법인 가족 아카데미아를 설립하여 청소년 성 상담, 부모 교육, 노년을 위한 생애 준비 교육 등을 활발하게 펼치고 있습니다. 《나는 죽을 때까지 재미있게 살고 싶다》 등의 책을 썼습니다.

구름 위의 태양을
보는 훈련

이호봉

십대 시절에 공부를 열심히 한 기억이 없는 내가 이런 글을 쓴다는 것이 조금은 주제넘은 일일지도 모릅니다. 하지만 공부를 열심히 하지 않고 십대를 보낸 사람이 어른이 되어 당한 어려움 역시 여러분에게 도움이 되리라는 생각으로 용기를 내어 글을 씁니다.

나의 십대는 인내가 없었습니다. 끈기도, 참을성도 없었습니다. 목적도 없이 그저 친구들과 어울려 시간을 보냈습니다. 이런 나를 지켜보다 못한 부모님이 나를 외사촌 형님의 제과점에 취직시켰습니다. 나는 제과 기술을 열심히 배워서 곧 기술자가 되었고, 제과장으로 승진하면서 나름대로 돈도 벌고 사회적으로 안정을 찾아 갔습니다.

하지만 깊이 뿌리를 내리기 위해 참고 노력해야 한다는 것을 배우지 못한 채 흘려보낸 십대 시절은 어른이 된 나에게 비싼 대가를 요구했습니다. 세상을 만만히 보았던 나는 사기를 당해, 그간 이뤄 놓은 것을 모두 잃고 말았습니다.

세상은 결코 쉽지 않았고 호락호락하지도 않았습니다. 겉으로 아무리 잎이 무성하고 화려한 꽃이 피어 있는 것 같아도 깊이 뿌리를 내리지 못한 사람에게는 자리를 내주지 않았습니다.

다시 일어서려고 발버둥을 쳤지만 그럴수록 세상은 나를 더 깊은 절망의 늪으로 밀어 넣었습니다. 아는 것도 없고 가진 것도 없이 '한 탕'만이 성공할 수 있는 길이라 믿었던 내게 세상은 어떤 길도 열어 주지 않았습니다.

빚은 눈덩이처럼 불어났습니다. 월세 낼 돈도 없었고, 라면을 사 먹을 돈마저 궁할 때가 있었습니다. 그럴수록 내게 사기를 친 사람과 야박한 세상 사람들에게 화가 났습니다. 내가 빌려 쓴 돈인데도 빚을 받으러 온 사람에게 이렇게 소리 질렀습니다.

"제발 나 좀 괴롭히지 마세요. 언젠가는 꼭 갚겠습니다."

비참했습니다. 괴로워서 잠도 오지 않았고, 방에서 혼자 엉엉 울부짖기도 했습니다. 하지만 나의 생활은 쉽게 달라지지 않았습니다. 마음은 급한데 어디서부터 어떻게 다시 시작해야 할지 알 수 없었습니다. 공부도 안 하고 친구들과 어울려 다니며 보낸 십대 시절을 뼈저리게 후회했습니다. '한 탕'에 대한 생각도 버렸습니다.

'세상은 결코 호락호락하지 않아. 큰 것을 꿈꾼다면 작은 일부터 성실하게 이뤄 가야 해.'

십대에 배웠어야 할 이 교훈을 어른이 되어 배우느라 너무 큰 대가를 치른 것입니다. 1994년 당시 내가 가진 것이라고는 빵 만드는 기술이 전부였습니다. 그 기술을 살려 가장 자본이 덜 들면서도 남과 다르게 시작할 수 있는 일이 무엇일까 고민했습니다. 그것이 바로 토스트였습니다.

35만 원으로 포장마차를 마련해 고려대 이공대 앞에서 처음으로 장사를 시작했습니다. 어떻게 하면 내가 만든 토스트가 다른 토스트와 다르다는 것을 알릴 수 있을까 고민하다가, "와 죽인다, 죽여" 하며 토스트를 먹는 학생을 보고 '토스트가 사람을 죽인다! 왜? 맛있으니까!'라는 광고 카피를 생각해 냈습니다. 이 문구를 본 학생들의 반응도 좋았고, 장사 또한 잘되었습니다.

하지만 세상의 모든 일이 그렇듯이 쉽게 거저 얻어지는 것은 없었습니다. 장사가 잘되자 시샘을 받았고, 주위의 신고로 며칠에 한 번씩 파출소에 불려 가야 했습니다. 몇 개월을 버티다 동대문 시장으로 자리를 옮겨, 큰 쓰레기통 옆에 있는 조그만 공간에 포장마차를 차리고 토스트를 팔았습니다.

시장은 역시 시장이었습니다. 상인들의 집단 폭행이나 시장을 잡고 있는 폭력배들의 협박이 그치질 않았습니다. 그러나 나는 이를 악물었습니다.

'이겨 내야 한다. 여기서 포기하면 내 인생은 끝이다. 참고 이겨 내자. 비록 지금은 노점에서 토스트를 굽지만, 먼 훗날 큰 회사를 만들어 경영할 것이다.'

이렇게 생각하며 참고 인내하고 미소를 지으며, 비가 오나 눈이 오나 열심히 토스트를 구웠습니다. 그러다 보니 토스트 맛을 알아주는 단골들이 많이 생겼고, 장사도 잘되었습니다. 주변 사람들도 나를 인정해 주기 시작했습니다.

그렇게 토스트를 굽기 시작한 지 5년 만에 모든 빚을 청산

했고, 결혼하고 소중한 아들딸도 생겼습니다. 다시 일어서는 데 10년의 시간이 걸린 것입니다. 그리고 노점 10년 만에 명동에 가게를 열었고, 지금은 전국에 '호봉토스트' 가맹점이 있습니다.

십대 시절엔 눈앞의 것만 보기 쉽고, 지금 즐거운 일만 찾기 쉽습니다. 구름 속에 가려진 태양은 생각하지 않고 구름 밑의 비를 맞으며 불평하기 쉬운 때이지요. 그러나 한 번만 더 생각해 보면 구름 위에는 태양이 여전히 빛나고 있으며, 그치지 않고 계속되는 비는 없습니다.

그렇기 때문에 십대 시절엔 구름 밑의 비만 보지 말고 구름 위의 태양을 볼 수 있는 훈련을 해야 합니다. 여러분을 덮고 있는 구름 위에 태양이 빛나고 있다는 것을 잊지 마십시오. 실패의 아픔이 지나고 나면 성공의 기쁨이 여러분을 기다리고 있을 것입니다.

 이호봉

호봉토스트 대표입니다. 충남 홍성에서 열아홉 살에 상경해 갖은 고생을 했습니다. 십대 때부터 제과점에서 일했던 그는 포장마차 10년, 토스트 가게 10년을 운영한 베테랑입니다. 빵에 달걀을 올리고 1m 밖에서 케첩을 뿌리는 '토스트의 달인'으로 TV에 출연하기도 했습니다. 지금은 자신이 고생하며 쌓은 노하우를 어려운 형편에서 창업을 하려는 이들에게 전하고 있습니다.

기적은
내 안에 있다

이승복

지금으로부터 30년 전, 여덟 살 때 약국을 하던 아버지를 따라 미국으로 이민을 가게 되었습니다. 고달픈 이민 생활을 하는 부모님을 지켜보면서, 올림픽에 미국 대표로 출전해 금메달을 따겠다는 일념으로 초등학교 때부터 체조에 몰두했습니다. 마침내 고등학교 3학년 때 전미 올림픽 예비군단 최고선수로 인정받았지요.

체조 팀을 운영하는 각 대학에서 스카우트 제의가 쇄도했고 '올림픽 금메달리스트'라는 꿈은 손만 뻗으면 곧 현실이 될 것 같았습니다. 하지만 정상의 문턱에서 뜻하지 않은 사고로 찬란한 꿈을 접어야 했습니다. 혼자 마루를 향해 뛰어오르다 목을 쭉 늘인 상태에서 턱으로 땅에 박히고 말았기 때문입니다.

'일곱 번째 경추 아래로 끊어진 신경들이 다시 붙어 살아날 가능성이 전혀 없다'는 판정이 내려졌습니다. 평생 휠체어에 앉아 살아야 하고 손가락마저 움직이기 힘든 사지마비 상태로 험난한 세상에 내동댕이쳐진 것입니다.

그러나 나는 좌절하지 않았습니다. '다시는 체조를 할 수 없게 되었다'는 분노를 내 앞에 놓인 현실, 재활 훈련에 쏟았습니다. 희망이 에너지이듯, 분노 또한 나의 에너지였습니다. 물리치료 4개월 만에, 나는 의사들도 놀랄 정도로 가능한 근육을 모두 쓰게 됐습니다.

이때부터 다시 도전이 시작됐습니다. 이번에는 의사가 되기로 마음먹었습니다. 멀쩡한 사람도 하기 힘든 일이니 포기하라는 주변의 만류를 뿌리치고, 나는 불편한 손으로 아슬아슬하게 글씨를 쓰고 휠체어 바퀴를 돌리면서 시련과 전면전쟁을 벌였습니다. 5개월의 피나는 준비 끝에 나는 뉴욕 대학에 입학했고 이어 컬럼비아 대학에서 공중보건학 석사학위를 받았습니다.

인간 한계를 극복한 나에게 더 이상 장애물은 없었습니다. 다트머스 대학 의대와 하버드 대학 의대에서 인턴 과정을 수석으로 졸업하고 꿈에 그리던 전공의가 되어 같은 처지에 놓인 재활환자들에게 온몸으로 희망을 전파하기 시작했습니다.

이러한 나의 인간 승리 드라마는 〈뉴욕 타임스〉, 〈볼티모어 선〉, AP통신, 폭스TV 등을 통해 미국 전역에 소개됐고, 감동을 받은 수많은 장애인들은 나에게 '슈퍼맨 닥터 리'라는 이름을 붙여 주었습니다.

누구나 인생에 한 번의 좌절은 있게 마련입니다. 하지만 그 좌절이 곧 절망이 아니라는 것을 말씀드리고 싶습니다. 자기 안에 있는 긍정의 힘은 여러분에게 또 하나의 기회를 제공해 줄 것입니다. 자신이 진정으로 하고 싶은 일이 있고 그것에 대한 열정만 있다면 이루지 못할 일은 없습니다. 신체적 장애가 미래의 한계가 아닌 것처럼 여러분 각자가 가지고 있는 상황들이 미래의 한계는 아니기 때문입니다.

지금의 나는 올림픽 금메달리스트가 아니라 휠체어를 탄 장애인이지만, 내 모습을 통해 다른 사람에게 삶의 희망과 용기, 그 이상을 불어넣어 줄 수 있다면 나는 또 다른 꿈을 향해 휠체어 바퀴를 계속 돌릴 것입니다. 인생의 금메달을 향한 나의 도전은 아직도 끝나지 않았습니다. 잊지 마십시오. 기적은 당신 안에 있습니다.

 이승복

미국 볼티모어에 위치한 존스홉킨스 병원 재활의학과의 수석 전문의로 척수신경 관련 연구를 하고 있습니다. 그는 미국 내 단 두 명뿐인 사지마비 장애인 의사입니다. 휠체어를 타고 다니는 그의 모습은 환자들에게 그 자체로 희망의 상징입니다. 《기적은 당신 안에 있습니다》라는 책을 썼습니다.

한 번 졌다고
계속 지는 건 아니야

김현수

우리 집이 어려워진 것은 중학교 2학년 때였지요. 아버지의 사업이 하루아침에 망해 버린 뒤 우리 삼 형제는 친척 집을 전전하면서 살아야 했습니다. 집이 없어진 것은 한참이 지나서야 실감하게 되었습니다. 어머니가 떠나면서 얼마간만 떨어져 살자고 했지만 6개월이 지나도 다시 만나서 살 집은 생기지 않았습니다. 부유하게 살아왔던 나에게 가난이 한꺼번에 찾아왔고 우리 삼 형제는 모두 굉장히 큰 어려움에 부딪혀야 했습니다.

아버지는 전혀 볼 수 없었고 어머니는 2주나 한 달에 한 번

간첩 접선하듯 연락해서 남모르게 만나야 했습니다. 부모님은 빚쟁이를 피해 숨어 다녔고, 내가 대신 그 빚쟁이들을 만났습니다. 이모나 삼촌이라고 하면서 학교로 찾아와 부모님들이 있는 곳을 대라고 윽박지르고 협박하기도 했습니다.

머물던 고모 댁에서도 빚쟁이들에게 시달리는 것 때문에 쫓겨나야 했습니다. 그 돈이 어디서 났는지는 모르지만 고모는 어린 나를 데리고 집을 보러 다니자고 했고, 나는 두 동생을 데리고 나와 미니아파트라는 멋진 이름의 닭장 집에서 자취를 시작했습니다.

그때가 고등학교 1학년 때였지요. 친구들 중에는 제대로 알지도 못하고 멋대로 생활할 수 있다면서 자취하는 나를 부러워하는 아이도 있었습니다.

설거지를 제대로 하지 못해 그릇에 구더기가 낀 적도 있고, 도시락을 싸 가지 못하는 날도 많았습니다. 둘째는 가난을 견디지 못해 가출을 하기도 했습니다. 알 수도 없는 곳에 계신 부모님으로부터 그나마 오던 송금마저 끊기는 날에는 쌀과 차비 걱정을 해야 했습니다. 어쩔 수 없이 가난과 빚, 가족과 슬픔, 분노와 원한 등을 생각하게 되었지요.

남들은 어려웠던 때를 떠올리며 낭만적인 회상을 할 수 있는지 모르겠지만, 나는 지금도 그 시절이 참 어렵게만 생각됩니다. 하루하루가 힘들었던 그날들을 버텨 낼 수 있었던 것은 물론 여러 이웃과 친지들의 도움이 있었기 때문입니다.

웃기는 일이지만, 그때의 일기장을 들추어 보면 견디기 위해 써놓았던 속담들이 이런 것들입니다. 산 입에 거미줄 치랴, 하늘이 무너져도 솟아날 구멍은 있다, 쥐구멍에도 볕 들 날 있다 등등.

역경이 사람을 강하게 만들고 변화시킨다는 것은 사실입니다. 하지만 역경의 한복판에 있을 때는 참 야속하게만 들리는 말입니다. 역경을 극복하는 자는 승리하겠지만, 역경에 패한 자들의 삶을 생각하면 마음이 아픕니다. 그 이후 삼 형제는 각자의 삶을 살아가고 있습니다. 모두 성공한 것도 아니고, 역경을 이겨 낸 것도 아니라서 더 마음이 아픕니다.

아버지의 새로운 빚을 떠안고 살며 병원을 개원하는 바람에 나는 아직도 역경의 연속입니다. 이 역경은 내가 초래한 역경은 아닙니다. 하지만 지금 겪는 역경들 중 어떤 것은 내가 사들인 것도 있습니다.

가난한 자와 함께하기 위해, 십대들의 방황과 함께하기 위해, 배우지 못했거나 역경에 너무 쉽게 저버리고 마는 이들을 위해 역경에서 패한 자들의 진영 쪽에 서 있습니다. 물론 이들은 완전한 패자가 아닙니다. 언제 승자로 변할지 모릅니다. 한번 졌다고 계속 지는 것은 아니니까 말입니다.

나는 오늘도 많은 십대를 만납니다. 그들의 박탈감, 분노, 슬픔과 마주합니다. 그리고 그들의 좌절도 봅니다. 하지만 쉽사리 내가 그들의 표본이 되고자 하지는 않습니다. 그저 그들에게 중요한 버팀목이 되기 위해 서 있습니다.

지금은 비록 역경 가운데 서 있지만 인생은 모를 일입니다. 누가 언제 어떻게 인생의 새로운 소식, 승리했다는 소식을 들고 우뚝 설지는 알 수 없는 일이지요.

내가 만일 그들에게 무언가 마음을 기쁘게 할 수 있는 선물을 줄 수 있다면 나는 '낙관주의'를 선물하고 싶습니다. 그리고 진부하지만 많은 참고서의 표지에 적혀 있는 '하늘은 스스로 돕는 자를 돕는다'라는 말도 함께.

나는 그들과 함께하고 싶습니다. 고난을 이기고 역경을 개척해 나가는 젊은이들과 함께 이 인생을 즐기고 싶습니다. 그리하여 언젠가는 인생에 대한 감사를 멋지게 바치고 싶습니다. 그 고난과 역경들을 향해.

 김현수

의대를 졸업하고 전문의 과정을 마친 뒤 '사는기쁨신경정신과'를 열었으며 '빵과 영혼'이라는 상담센터를 만들어 어려운 이웃과 아이들에게 쉼터를 제공했습니다. 한 아이를 변화시키기에 단지 병원만으로는 부족하다고 생각하여 2002년 '치유적 대안 학교'인 성장 학교 '별'을 설립해 지금까지 교장으로 일하고 있습니다. 《공부 상처》, 《교사 상처》, 《행복한 교실을 만드는 희망의 심리학》 등의 책을 썼습니다. 지금은 명지병원 정신의학과 과장으로 재직 중입니다.

그냥 딛고
넘어간다

강우현

어린 시절에는 좌우명이란 것을 정해 두고 자신의 인생 목표를 향해 노력하며 살아갑니다. 좌우명이란, '늘 자리 옆에 두고 가르침으로 삼는 말이나 문구'라고 합니다. '나는 앞으로 이렇게 살아갈 거야' 정도로 간단히 이해하면 됩니다. 시인의 글귀나 성인의 말씀을 되새기기도 하고 부모님이나 선생님 말씀도 좌우명이 됩니다.

나에게도 좌우명이 하나 있습니다. 평소의 경험을 토대로 쉰 살을 넘겨서 스스로 만들었답니다.

'좌로 가나 우로 가나 만나는 건 운명이다. 그냥 딛고 넘어 간다.'

너무 간단하고 약간은 우습기도 하지요? 하지만 다른 어른 들에게 이 말을 소개하면 대부분 웃으면서 "나도 그걸 쓰고 싶 다"고 말하는 사람이 많습니다. 왜일까요?

세상을 살아가다 보면 언제나 선택의 갈림길 앞에 선 자신 을 발견하게 됩니다. 좋은 길과 그렇지 않은 길, 가고 싶은 길과 가고 싶지 않은 길 등 반드시 두 갈래 길 앞에 서게 됩니다. 이 럴 때의 판단은 매우 중요합니다. 때로는 인생을 쇄우하기도 하 지요.

그런데 긴 시간을 살아오다 보니 어떤 선택을 하더라도 결 과는 마찬가지였다는 겁니다. 내가 선택한 길이 좋지 않거나 마 음에 내키지 않았다 하더라도 최선을 다했을 때는 항상 좋은 결과가 나타났습니다.

그 반대의 경우는 어땠을까요? 좋은 길이라 생각해서 선택 했더라도 대충 넘어갔을 때의 결과는 역시 좋지 않았지요. 가끔 은 토끼와 거북의 우화가 생각나기도 했답니다.

어떤 여건에 처했든 중요한 것은 긍정적으로 받아들이는 자세라고 생각합니다. 운명이라고 체념까지 할 필요는 없지만 어차피 내 앞에 닥친 일, 물러설 필요는 없습니다. 그냥 마주 받아치면서 당당하게 딛고 넘어갈 때 자신감과 용기가 나온다고 믿습니다.

'남들은 모두 좌우명을 갖고 있는데 나에게는 왜 없지?'라고 생각하는 분도 있을 것입니다. 사실, 대부분의 사람들은 좌우명이 없다고 생각해도 좋습니다. 어떤 자극을 받았을 때 '앞으로는 이렇게 살아야지'라며 막연하게 정해 둔 것이 대부분이기 때문입니다. 그러니 좌우명이 없다고 부끄럽게 생각할 필요가 없습니다.

 강우현

남이섬 대표이사입니다. 경영난에 허덕이고 있던 남이섬을 역발상과 상상 경영을 통해 한류 관광명소로 탈바꿈시킨 주인공입니다. 한국에서 상표를 가장 많이 디자인한 그래픽 디자이너이며 세계적인 동화 일러스트레이터 겸 작가이기도 합니다. 그의 집 가훈은 '너 강우현의 아들로서 아버지 쪽팔리게 하지 마라. 나 강준수의 아버지로서 너 쪽팔리게 안 할게'라고 합니다.

무엇을 위해
살고 있니?

이동우

10년 전 '망막색소변성증'이라는 판정을 받았습니다. 망막과 관련된 유전체적 돌연변이에 의해 생기는 병으로 사십 대를 전후해 거의 모두 실명에 이르는 무섭고도 안타까운 병입니다. 세계 여러 나라에서 끊임없이 이 병에 대해 연구와 임상 시험을 거듭하고 있지만 아직은 딱히 이렇다 할 해결책을 내놓지 못하고 있습니다.

나도 예외는 아니었나 봅니다. 병을 판정받은 후 내 시야는 점점 좁아져만 갔고, 결국 3년 전 실명에 이르고 말았습니다.

이젠 끝장이라고 생각하니 모든 것이 허무하고 무의미하게 느껴졌습니다. 말하자면 별 탈 없이 방송 생활을 하던 연예인이 하루아침에 중도 장애인이 되어 과음과 폭식으로 하루를 보내는 한량이 된 것이지요.

그랬던 내가 지금은 다시 일상을 누리며 누구보다도 활기차게 살고 있습니다. 어떻게 그 칠흑 같은 어둠에서 빠져나올 수 있었을까요? 가족의 헌신적인 관심과 사랑, 친구와 지인들의 도움…… 분명 여러 이유와 계기가 있었을 것입니다.

그 가운데 나 스스로 용기와 힘을 갖게끔 해준 사건이 있었습니다. 저에게 안구 이식을 해주겠다는 분이 나타난 것입니다. 하지만 현재의 과학은 안구 이식은 아직 불가능하다고 말합니다. 그래서 안구를 이식받을 수는 없었지만, 나는 그분에게 말했습니다.

"현대 의학으로 불가능하다 하더라도, 저는 이미 당신에게 안구를 받은 것이나 다름없습니다."

나를 더욱 놀라게 했던 사실은 그분이 근육병 환자였다는 것입니다. 아홉 가지를 잃고 오직 하나밖에 남지 않은 것을 내게 기꺼이 내주겠다고 하신 것이지요. 따지고 보면, 나는 그분

과 정반대로 하나만 잃었을 뿐 아홉 가지는 멀쩡한 사람인데 말입니다.

하염없이 눈물을 흘렸고, 사랑이 무엇인지 비로소 알게 되었습니다.

'다시 일어서리라. 세상을 향해 다시 마음의 문을 열리라. 그리고 팔을 쭉 뻗어 세상을 꽉 움켜잡으리라.'

지금 나는 비록 불편한 몸이지만 20킬로그램 체중 감량에 성공했습니다. 매일같이 운동을 하며 건강을 되찾고 있고, 방송에도 복귀하여 매일 라디오 프로그램을 진행하고 있습니다. 틈틈이 등산과 마라톤에도 도전하고 있습니다. 방송이 끝나면 바로 대학로로 달려가 연극 무대에서 온 힘을 다해 연기합니다. 방송을 통해서나 연극 무대에서 나를 보는 관객 분들은 모두 아낌없는 박수와 격려를 보내 주십니다.

진정 행복합니다. 내가 사는 이유는 '보답'입니다. 받은 사랑을 다른 누군가에게 되갚기 위해 삽니다. 내가 받은 사랑보다 더 큰 사랑으로 지금 이 시간 아파하고 절망하는 이들에게 보답하는 일이 제 삶의 목표가 되었습니다.

여러분은 어떤 목표가 있습니까? 그 목표는 누구를 위한 것인가요? 혹시, 자신의 성공만이 목표이진 않나요? 그렇다면 다시 묻고 싶습니다. 성공한 이후엔 어떻게 살겠습니까?

 이동우

1990년대 '틴틴 파이브'의 멤버로 많은 사랑을 받은 개그맨입니다. 2004년 '망막색소변성증' 진단을 받았고 결국 1급 시각 장애인이 되었습니다. 힘든 시간을 이겨 낸 그는 시력이 온전할 때보다 더 많은 것을 볼 수 있게 되었습니다. 연극과 방송, 강연 등을 통해 많은 팬들과 만나고 있으며, 평화방송에서 〈오늘이 축복입니다〉를 진행 중입니다. 《5%의 기적》이란 책을 썼습니다.

죽어라
최선을 다했던 기억

오성식

어른들은 말합니다. 열심히 공부만 하면 누구나 전교 1등이 될 수 있다고. 그리고 시간이 날 때마다 "공부해라, 공부해라" 하고 외칩니다. 열심히 공부해서 최고의 대학에 입학하는 것만이 마치 지상 천국을 보장하는 것처럼 말입니다. 그리고 부모님들은 자신은 학창 시절에 1등만 한 모범생이었던 듯 얘기합니다. 하지만 나는 이런 어른들의 말씀이 꼭 옳지만은 않다고 생각합니다.

학창 시절 나는 참으로 모범생 그 자체였습니다. 결석 한 번

해본 적이 없었고, 미팅이니, 술이니, 담배니 하는 것들은 나와
는 아주 거리가 멀었습니다. 오로지 공부밖에 한 기억이 없습니
다. 하지만 나는 억울했습니다. 그렇게 공부밖에 몰랐지만 성적
은 그다지 좋지 못했기 때문입니다. 부모님은 시간 날 때마다
공부하라고 외쳤지만 나로서는 더 이상 어떻게 해야 공부를 더
하는 것인지 알 수 없었습니다.

지금도 보관하고 있는 고등학교 시절의 국사 책을 비롯한
몇 권의 교과서를 보고 있노라면 저절로 웃음이 나옵니다. 마르
고 닳도록 읽고, 밑줄 긋고, 외우고 한 흔적이 역력하지만 대학
입시에서 국사는 스무 문제 중 고작 여덟 문제를 맞혔고, 세계
사는 열 문제 중에 두 문제를 맞혔으니 말입니다. 나름대로 열
심히 공부를 한다고 했지만 좋은 성적을 얻지 못했던 나는 학
교 생활에 그만큼 흥미를 느낄 수 없었습니다.

그러던 어느 날, 나는 우연히 지나가는 외국인과 마주치게
되었습니다. 본디 짓궂고 말장난을 좋아했던 나는 그 외국인과
몇 마디의 대화를 나눠, 친구 사이에서 일약 스타가 되었습니다.

그때 나누었던 대화라야 고작 "지금 몇 시입니까?(What time
is it now?)", "한국에 온 지 얼마나 되었습니까?(How long have

you been in Korea?)" 정도였지만 속 모르는 아이들 사이에 "성식이가 외국인과 유창한 영어를 했다"라는 기분 좋은 소문으로 퍼져 나갔던 것입니다. 가장 적은 노력으로 가장 큰 인기를 얻을 수 있었던 일이 바로 외국인과의 대화, 즉 영어를 공부하는 일이었습니다.

말하기를 좋아했던 나로서는 다른 나라 말을 배우는 것이 크게 어려운 일은 아니었습니다. 특히 영어를 함으로써 얻게 되는 타인의 부러운 눈초리는 하루하루를 아주 신 나게 만들어 주었지요. 모든 일은 남들이 "잘한다, 잘한다" 해야 더 잘하게 되어 있는가 봅니다. 지금까지 영어와 인연을 맺고 살고 있는 것도 어쩌면 그러한 주위 사람들의 칭찬에 힘입은 것인지도 모르겠습니다.

열심히 공부하고도 좋은 성적을 얻지 못해 방황했던 내가 영어와 인연을 맺으면서 나름대로 즐거운 학창 시절을 보내게 된 것은 참으로 다행스러운 일입니다. 그런데 비록 성적은 좋지 못했지만 공부에 충실했던 나의 청소년 시절에 대한 기억이 지금은 매우 자랑스럽습니다.

왜냐하면 나름대로 최선을 다했다는 자부심이 훗날 하고 싶은 일을 하게 되었을 때, 성실함이라는 큰 무기로 성공의 가장 큰 밑천이 되었기 때문입니다.

머지않아 지금 이 시간도 세월의 흐름에 묻힐 날이 올 겁니다. 그리고 그때가 되면 여러분도 하기 싫은 공부에서 벗어나 자신의 흥미 분야를 개척해 가는 즐거움을 만끽할 기회를 갖게 되겠지요. 미래의 그날을 위해 여러분이 지금 준비해야 하는 것은 최선을 다했던 십대의 기억을 간직하는 일입니다.

지금 이 순간 진정 자신의 인생을 위해 준비해야 할 것이 무엇인지 한번 돌아보기 바랍니다.

 오성식

1984년 CBS에서 영어회화 강좌를 진행한 것을 시작으로 KBS FM 〈굿모닝 팝스〉 등 다양한 TV와 라디오 방송을 진행했습니다. 대학 4학년 때 이미 《오성식 생활영어 5400》을 출간했고, 100권 이상의 교재를 집필했습니다. 방송인으로 맹활약하던 그는 오성식영어연구원을 설립해 영어 프로그램 개발, 교육연구를 지휘하고 있습니다.

한 글자
차이라니까

최관하

제자들 400명을 대상으로 실시한 설문조사 결과입니다.

"현재 나를 가장 괴롭히는 것은 무엇인가?"라는 질문에 '공부'(294명, 72퍼센트)라고 답한 아이들이 가장 많았고, '관계, 물질, 이성, 건강, 가정'의 순으로 이어졌습니다. 또한 "자신을 괴롭히는 것을 어떻게 해소하고 있는가?"라는 질문에는 1위가 '혼자 고민하며 삭인다'(191명, 48퍼센트)였고, '친구를 만나 상의하거나 털어놓는다', '술, 담배, 노래방' 등의 순이었습니다.

십대 청소년들을 가장 괴롭히고 있는 것은 단연 공부입니다.

공부로 인한 스트레스가 대부분이고, 그로 인해 파생되는 사람들과의 갈등이 뒤따릅니다. 그런데 그렇게 자신을 괴롭히는 것을 우리 아이들은 해소할 수조차 없어 보입니다. '혼자 고민하며 삭인다'가 전체의 48퍼센트를 차지하고 있으니 말입니다.

나는 해마다 불안한 마음이 일곤 했습니다. 학업과 성적 때문에 아이들이 목숨을 끊는 일이 갈수록 빈번해졌기 때문입니다. 그때마다 입시 제도를 탓하기도 하고, 왜 바보같이 목숨을 끊느냐며 애통해하기도 했습니다.

언젠가 우리 학교 고3 제자들에게 입시를 앞둔 심경을 써보게 했는데, 그 내용을 하나하나 읽어 보며 얼마나 가슴이 아팠는지 모릅니다. 모두들 두려움 속에 있었습니다. 그리고 그 아이들을 위해 내가 도와주고 격려해야 할 것이 무엇인가 오랫동안 고심하며 여기까지 왔습니다.

꽤 오랜 시간이 흘렀지만 나 역시 고3 수험생 시절을 보냈습니다. 입시 지옥도 경험했습니다. 우리 때는 잠 안 오게 하는 각성제가 무척 유행이었습니다. 담임 선생님이 조회나 종례 시간에 각성제 먹지 말라는 말을 했을 정도입니다.

내가 고3이었던 어느 날, 새벽 2시쯤 시험 공부를 하다가 자살 충동을 심하게 느낀 적이 있었습니다. 당시 나는 영어 단어를 외우던 중이었고, 밖에는 비가 부슬부슬 내리고 있었습니다. 갑자기 '내가 이 한밤중에 왜 잠도 못 자고 남의 나라 단어를 외우고 있어야 하나, 이게 올바른 공부인가' 하는 회의에 빠져들었습니다.

'자살'을 생각했고, 급기야 연습장에 빽빽이 쓰기 시작했습니다. '자살자살자살……' 이렇게 말입니다. 이 글자로 연습장 한 페이지를 가득 채웠습니다. 그리고 한동안 허탈한 상태에 빠져 있던 나는 무엇인가 새로운 것을 발견하고 눈이 휘둥그레졌습니다. 그것은 연습장의 맨 끝이 '자'로 끝나 있다는 사실이었습니다. '……자살자살자살자' 이렇게 말이지요.

우연이라고 생각할 수 있겠지만 나는 그때 큰 깨달음을 얻었습니다.

'그래, 자살과 살자는 한끗 차이야. 자살은 언제든 할 수 있어. 지금 자살하고픈 마음을 바꿔 더 큰 각오로 한 번 더 해보자. 그래 해보는 거야!'

그때부터 나는 더 적극적으로 생활에 임할 수 있었습니다. 그리고 소망했던 교사가 되고 작가가 되었습니다.

나는 이 땅의 젊은이들이 힘을 내길 바랍니다. 지금 여러분을 아프고 힘들게 하는 것이 있다면 어서 씻겨 가기를 소망합니다. 설령 그 힘겨움이 다소 오래 지속된다 할지라도 그것이 자기 인생의 '꽉 막힌 동굴'이 아니라 '지나가는 터널'임을 꼭 기억해 주었으면 합니다. '○○ 때문에' 미래가 불투명한 것이 아니라, '○○임에도 불구하고' 미래의 가능성이 있다는 것을 믿기 바랍니다.

　　이 세상에 태어나는 사람은 모두들 이곳에서 해야 할 역할과 가치를 가지고 태어난다고 합니다. 우리의 의지로 이 세상에 태어난 것이 아니듯, 스스로 목숨을 끊는 것도 허용될 수 없는 일입니다. 여러분의 삶에 펼쳐질 희망찬 미래를 기대하며 힘차게 전진하기를 두 손 모아 간절히 기도합니다.

 최관하
....

서울 영훈고등학교 국어 교사이자 《울보선생》의 저자입니다. 제자들을 위해 기도하다가 걸핏하면 눈물을 흘린다고 해서 '울보 선생'이라는 별명이 붙었습니다. 1988년 〈문학공간〉을 통해 시인으로 등단하였으며, 아버지학교 및 청소년 코스타(KOSTA)의 강사로도 유명합니다.

재능보다 힘센
한 가지

이현세

    나는 어릴 적부터 그림 그리기를 좋아했습니다. 특히 만화 그리기를 아주 좋아했습니다. 만화의 구체적인 스토리와 자유로운 표현 방식이 나를 감동시켰을 테지요. 어쨌거나 나는 노트고 벽이고 방바닥이고 여백만 보이면 밥 먹는 것도 잊어 먹고 하루 종일 그려 댔습니다. 심지어 밖에서 놀 때도 동네 아이들이 딱지치기와 구슬치기를 할 때 나는 땅바닥에다 나뭇가지로 사자와 호랑이, 토끼 등을 그렸습니다.

    지금 생각해도 나는 정말 만화 그리기를 좋아했습니다. 먹고 싶고, 가고 싶고, 보고 싶고, 갖고 싶은 모든 것들을 닥치는 대로 그려 대면서 나는 행복했습니다. 그러나 한 살 한 살 나이를 먹고 초등학교 고학년을 거쳐 중학생이 되면서 나는 점점 만화에서 멀어졌습니다. 만화가 미워지고 창피해졌습니다.

여러분은 잘 모르겠지만 당시 만화의 사회적 지위는 '최하'였습니다. 해마다 5월이 되면 전국에서 모은 수십만 권의 만화책이 공부에 방해되는 책이라고 해서 여의도 광장에 수북이 끌려 나와서 화형당했고, 만홧가게에 출입하면 학교에서 정학 처분을 당했지요. 만화책을 가지고 다니는 것만으로도 죄가 되었으니 그야말로 만화를 보는 것은 죄악이었습니다.

세상이 그러니 어린 내가 어찌 만화를 더 이상 자랑스럽게 그릴 수 있었겠습니까. 나도 떳떳하게 세상을 살고 싶었고, 다른 아이들처럼 미래가 보장되는 평범한 사람이 되고 싶었습니다.

어느새 나는 소설과 시를 좋아하고 수채화와 수묵, 서예를 좋아하는 학생이 되어 있었습니다. 그리고 우선은 미술대학에 가서 회화를 전공하고 위대한 화가가 되고 싶었습니다. 그렇게 나는 중학생을 거쳐 고등학생이 되었고 6년 동안 미술대학에 가기 위해 준비했습니다. 그러나 꿈은 언제나 이루어지는 것은 아니었습니다. 허망한 꿈도 있기 마련이지요.

입학원서를 쓰기 위해 가볍게 색약 검사를 했는데 뜻밖에도 나는 미대를 갈 수 없는 '적록색약'이었습니다. 원서 자체를 쓸 자격조차 없었던 것이지요. 여태까지 꿔온 화가의 꿈이 와르르 무너지는 순간이었습니다. 나는 절망했고 분노했고 원망했습니다. 몇 날 며칠을 어울리지 않게 술에 취해 길 위에 쓰러져서 펑펑 울었습니다. 쓰고 그리는 것 외에 아무것도 할 수 없는 내 운명에 대해서 저주했습니다.

그때였습니다! 희한하게도 그 저주받은 운명을 되레 비웃으며 껄껄 웃고 뛰쳐나온 내 마음의 소리가 있었습니다.

'인마! 울지 마! 이건 말이야 정말 여태까지 숨겨 두었던 진심인데 넌 만화를 그릴 운명이었던 거야! 이건 완전히 만화를 그리라는 신의 계시라고! 생각해 봐! 네가 색약이 아니면 스스로 만화를 선택했겠어? 세상의 시선 따위 신경 쓰지 마. 뭐 어때? 너는 너야! 오로지 네가 좋아하는 걸 하라고!'

세상의 눈치를 보느라 오래전에 마음속에 접어 두었던 만화를 나는 이렇게 다시 만났습니다. 그래! 만화는 흑백으로 그려도 되지! 암! 그곳에는 이야기도 있어! 나는 그 길로 만화계에 뛰어들었고 세상 사람들이 어떻게 생각하든 오로지 만화에만 미쳐서 살았습니다. 그리고 어느 날 창문을 열어 보니 세상은 내 편이 되어 있었습니다.

나는 언제나 재능보다는 진정성과 절박함이 승리한다고 생각합니다. 이렇듯 낙천적이고 긍정적인 나를 사랑합니다. 정말이지 부모님이 내게 주신 선물 중에 가장 큰 선물은 그림의 재능이 아니라 낙천적이고 긍정적인 성격이었습니다. '벌써 컵에 물이 절반이나 없어졌어'가 아니라 '아직도 컵에 물이 절반이나 남았어'라는 생각 말이지요.

 이현세

우리 시대를 대표하는 만화가 중 한 사람입니다. 1973년 만화계에 입문하여 1978년 《저 강은 알고 있다》로 데뷔했으며, 1983년 《공포의 외인구단》으로 한국 만화의 새로운 지평을 열었다는 평가를 받습니다. 작품을 내놓을 때마다 숱한 화제와 찬사, 논쟁을 낳은 그의 이야기와 그림 속에는 지금껏 그 누구도 생각지 못한 인생에 관한 탁월한 통찰과 지혜가 녹아들어 있습니다. 세종대학교 만화애니메이션학과 교수로 재직 중입니다.

자신을
버려두지 말아요

양희은

우연히 〈십대들의 쪽지〉를 보다가 나의 어린 시절을 기억했습니다. 슬픔은 더한 슬픔이, 아픔은 더한 아픔이, 외로움은 더한 외로움이 감싸 줄 수 있다는 것! 아나요?

누구나 자기 십자가가 제일로 힘겹고 무겁다고 생각하지요.

"내가 얼마나 비참한지 남들은 절대 모를 거야!"

자꾸 이런 식으로 나를 몰고 가면 자신도 모르는 새 두터운 벽을 쌓게 됩니다. 그 벽 속에 갇혀서 세상을 향해 "누구 내 손 좀 잡아 줘요. 내 얘길 좀 들어 달라고요!" 소리치지만 워낙 벽이 두텁고 높아서 웬만한 사람은 못 듣고 말지요.

내가 초등학교(당시 국민학교) 5학년이 되자 부모님은 이혼하셨어요. 중1 때는 아버지가 돌아가셨고, 저는 어린 마음에 어쩔 줄 모르다가 새엄마와 갈등이 심해 가출을 했지요. 어머니와는 중3 때 입시를 앞두고 함께 모여 살게 되었는데, 딸 셋 데리고 살림 꾸리기가 힘에 벅차 어머니 건강이 안 좋으셨던 고비도 있었습니다.

대학 입시 낙방이 나 스스로 책임져야 했던 첫 실패였습니다. 재수가 끝나 가던 성탄 무렵, 웬일인지 불이 나서 엄마의 예쁜 가게가 다 타버렸습니다. 대학을 포기하고 엄마를 돕는 큰딸 노릇을 하고 싶었습니다만, 친구의 눈물겨운 도움으로(일일이 얘기 못 할 긴 사연이 있지요) 대학 진학을 할 수 있었지요.

이제 돌아보면 까마득한 옛일 같습니다. 몸과 마음이 지치고, 가난해서 어찌 하루하루를 살아갈까 했던 나날들이었지요.

엄마 가게가 불타고 난 뒤부터 집안 살림이 바닥났습니다. 버스 회수권(한 번에 한 장씩 쓰는 표를 열 장 묶음으로 하여 파는 승차권)은 물론이고, 쌀, 연탄이 톨톨 떨어져 우리 집 딸 셋은 그저 막막할 수밖에 없었지요. 제가 스무 살에 기타를 들고 노래하게

된 것은 그렇게 그렇게 된 사연이 있었기 때문이랍니다.

이제는 그 어려웠던 시절의 의미를 조금 알 것도 같아요. 나름대로의 큰 뜻이 그 모든 일 속에 숨어 있었다는 것을. 아파 본 사람만이, 슬펐던 사람만이, 외로웠던 사람만이 알 수 있는 그만큼의 깊이로 세상을 보는 마음이 열리는 거예요.

병은 자랑하랬다고요. 어둡고 힘겨운 일을 혼자서 싸매고 끙끙 앓지 말고 함께 나누어요. 뜻이 있으면 길은 열립니다. 이 세상에서 제일 몹쓸 일은 자기를 되는 대로 버려두는 거예요. 될 대로 되라는 식, 죽어 버리면 그만이라는 식, 그건 아니죠. 절대 아니죠.

자기를 보살피고 사랑할 줄 아는 사람이 남에게도 따뜻함을 베풀 줄 아는 법. 둘러보면 뜻밖에도 도움의 따뜻한 눈길을 마주할 수 있어요.

 양희은

앳된 얼굴로 생계를 위해 기타를 메고 나섰던 소녀가 어느새 44년차 가수가 되었습니다. 1971년 〈아침이슬〉로 데뷔한 이래 뒷동산의 오래된 나무처럼 편히 기대어 쉴 수 있는 일상의 쉼표 같은 노래로 대중의 사랑을 받고 있습니다. MBC 라디오 〈여성시대〉의 진행자로도 10년이 넘게 활동 중이며, 얼마 전 후배 뮤지션들과 함께 작업한 새 앨범을 8년 만에 내놓았습니다.

끈기, 오기, 독기
삼기가 필요해

이상복

초등학교 1학년 겨울방학 때 일곱 살 숙이와 다섯 살 순이가 세상을 떠났습니다. 돈이 없어 병원에 갈 수 없었기 때문입니다. 아버지와 어머니는 초등학교 문턱도 못 가본 분들이었습니다. 아버지는 새벽 4시에 일어나 경동시장에 나가 채소를 떼어다가 리어카에 신고 온 동네를 돌아다니며 파셨습니다. 어머니도 돈벌이에 나섰지만 우리 집은 가난을 벗어나지 못했습니다.

여동생들의 죽음을 지켜본 나는 폐쇄적인 소년이 되었습니다. 학교에서나 동네에서나 다른 아이들과 어울리지 못했고, 늘 혼자였습니다. 학년이 올라가면서 싸움질을 일삼았고, 남의 물건에 손을 댔으며, 집에서 돈을 훔쳐다가 군것질을 하거나 영화관을 출입했습니다.

가난했기에 용돈을 타 쓸 수 없었던 나는 5학년에 올라가면서 새벽에 신문 배달을 하기 시작했습니다. 남들은 이런 나를 두고 효자라고 했지만, 그것은 천만의 말씀이었습니다. 아버지 주머니에서 몰래 돈을 훔쳐 쓰는 것으로는 성에 차지 않았기 때문에 돈벌이에 나섰던 것입니다.

신문 배달을 하며 고등학생 형들을 따라다니다 보니 담배와 술을 일찍 배우게 되었고, 이성에도 빨리 눈뜨게 되었습니다. 뒷골목이나 신문 보급소 옥상에서 담배를 피워 물었으며, 밤에는 동시 상영관이나 만화방에서 성인 영화, 성인 만화에 빠져 사는 게 나의 일상이었습니다.

초등학교만 졸업하고 돈을 벌어야 할 형편이었지만 내가 벌어서 다니겠다고 우겨서 중학교에 입학했습니다. 학교에서 웃고 장난치는 아이들을 보면 그렇게 미울 수가 없었습니다. 부모 잘 만나 호강하는 놈들이라는 생각이 들었고, 부모님도, 하나님도 원망스럽기만 했습니다. '왜 나를 가난한 집에 태어나게 했을까?' 이렇게 나는 점점 자신에 대한 미움과 세상 사람들에 대한 증오심으로 파괴적으로 변해 가고 있었습니다.

신문을 구독하는 집에 신문 대금을 받으러 갔을 때 같은 학교에 다니는 여학생이 나오면 쥐구멍에라도 들어가고 싶었습니다. 하지만 신문 배달을 그만둘 수도 없었습니다. 내가 번 돈으로 등록금도 내고 학교 준비물도 사야 지독한 가난을 숨길 수 있었기 때문이지요.

이성을 의식하다 보니 공부를 지지리도 못하는 것이 창피한 생각이 들었습니다. 공부를 해보고자 노력했지만 잘되지 않았습니다. 그러다 중학교 2학년 때 우연히 내 IQ를 알게 되었습니다. IQ 103! '이런 머리로 무슨 공부를 한단 말인가?' 어린 마음에 또 상처를 입었습니다. 참으로 처참했습니다.

그때 우연히 한 친구가 다가왔습니다. 잘생기고 언행이 반듯했으며 공부도 잘하고 속도 깊은 이 친구를, 처음에는 쉽게 받아들이지 못했습니다. 하지만 진심 어린 태도에 조금씩 마음의 문을 열게 되었습니다. 나는 이 친구를 모방하기 시작했습니다. 그의 사고방식까지 닮고자 노력했습니다.

그 친구는 나를 방황의 수렁에서 건져 내어 공부도 가르쳐

주고, 인생의 지표를 설정하게 해주었습니다. 농절기에 비를 애타게 기다리는 농민들에게 나타났다가 빗물과 함께 사라진다는 물고기 두우쟁이와 같은 친구였습니다. 무엇보다 이 친구는 주위에서 나와 함께 살아 숨 쉬면서 동행하는 사람들이 얼마나 중요한지를 내게 가르쳐 주었습니다.

그렇게 마음잡고 공부를 시작했습니다. 머리가 좋지 않기에 모든 노력을 총동원해야겠다고 다짐했습니다. 어찌어찌 하다 보니 대학에 진학했고, 대학 졸업 후 잠깐 동안의 직장 생활을 했습니다. 하지만 머릿속 깊이 박힌 '머리가 참으로 나쁜 나'라는 생각으로 인해 열등의식에서 헤어나지 못했지요.

그러다가 우연한 기회에 '비법대생 사법고시 합격'이라는 신문 기사를 읽고 나는 무모한 도전을 결심했습니다. 사법고시 합격이 나를 이 지독한 열등감에서 해방시켜 줄 것이라고 생각했던 것입니다. 서른여섯의 나이에 7전 8기 끝에 사법고시에 합격했지만, 아직도 열등의식이 남아 있었습니다. 그래서 또 다른 도전을 준비했고, 마흔둘에 미국으로 떠났습니다. 1년 6개월간의 유학 생활을 마치고 지금은 대학 로스쿨에서 학생들을 가르치고 있습니다.

참으로 우스운 것은 평생 단 한 차례도 한 번에 시험에 합격한 적이 없었다는 것입니다. 운전면허 시험조차 필기는 두 번째에, 코스는 7전 8기 끝에 합격했습니다. 하지만 나는 자신 있는 것이 하나 있었습니다. 버티는 것입니다. 신은 내게 끝까지 버틸 수 있는 끈기를 주셨고, 끈기를 뒷받침할 수 있는 오기, 무너지면 무너질수록 일어나야 한다는 독기를 품을 수 있는 마음을 주셨습니다.

살면서 느끼는 것은 인생은 생각보다 길다는 것입니다. 처음 앞에서 달렸다고 해서 끝까지 잘 달리는 것은 아닙니다. 우리 모두는 최후에 웃는 자가 되어야 합니다. 그러기 위해선 끈기와 오기, 독기가 필요합니다.

 이상복

증권 전문 변호사로 활약하다 2007년 서강대 법학전문대학원으로 자리를 옮겼습니다. 아홉 살에 초등학교 입학, 스물아홉에 대학 졸업, 서른여섯에 사법고시 합격, 마흔에 떠난 미국 유학까지 지각 인생을 살았지만, 완벽을 추구하는 '무결점 인생'보다는 결점투성이인 지금의 모습에서 하나씩 하나씩 더하기 위해 노력하는 '가점 인생'이 더 아름답다 생각합니다. 책 《방황도 힘이 된다》를 썼습니다.

너의
백만 불짜리는 뭐야?

박미경

나는 스물네 살 발달장애 아들과 대학생 아들을 키우는 부모입니다. 장애인 아들을 받아들이는 과정에서 여러 번의 혼란스러운 시기를 거쳤고, 직장 생활을 하던 남편은 아들의 먼 미래를 생각해서 돈을 벌어야겠다는 마음으로 봉제 공장을 시작했습니다.

하지만 사기와 부도를 맞으면서 우리 가족은 지하 월세방에서 생활하게 되었습니다. 당시 나는 어두운 터널에 갇힌 듯 앞이 막막하기만 했습니다. 우리 가족과 아들을 위해 무언가 돌파

구가 필요했습니다.

그때 형진이를 데리고 운동장에 나가 체력 테스트를 해보기로 했습니다. 한 바퀴, 두 바퀴…… 형진이가 운동장을 돌 때마다 바닥에 '바를 정(正)' 자를 그려 가며 100바퀴를 뛰게 했습니다. 시간은 한 시간을 넘어서고 있었습니다. 형진이는 힘들다는 표현을 못 했으므로 나는 아들 얼굴을 보고 더 뛰게 할 것인지, 멈추게 할지 결정해야 했습니다.

그런데 100바퀴를 뛰고 나서도 아이의 표정에는 변화가 없었습니다. 지적인 능력을 통해서는 받아들일 수 있는 것이 적은 아이였기에, 밖에서 몸을 움직이며 할 수 있는 것으로 등산, 걷기, 수영 등 여러 운동을 시킨 후였기에 가능한 일이었지요. "그래, 달리기에 도전하자!"라고 시작한 것이 〈말아톤〉 영화가 되었습니다.

달리기가 단순하면서도 끊임없는 인내를 요구하는 운동이니만큼, 아들이 싫어하고 힘들어할 때, 그리고 그런 아들을 지켜보는 것이 고통스럽고 지칠 때 서로에게 힘을 줄 수 있는 말이 필요했습니다. '뭐 좋은 말이 없을까?' 고민하다가 힘들게 뛰어다니는 형진이를 칭찬해 주는 단순한 말을 생각하게 되었습니다. 내가 "형진이 다리는?" 하고 물으면, 아들이 "백만 불짜리 다리" 하고 답하는 것입니다. "몸매는?" 하고 물으면 "끝내줘요" 하고 대답했습니다.

처한 현실이 어떠하든 그 현실을 어떤 마음으로 받아들이느냐는 내 선택에 달려 있다는 것을 나는 항상 기억하고 있었습니다. 상황은 쉽게 바꿀 수 없지만, 그 상황을 바라보는 나의 마음과 눈은 선택할 수 있고 바꿀 수 있었습니다. 아들의 장애와 막막한 현실을 바라보며 '절망'을 선택할 것인가, 달리는 아들을 보며 '희망'을 선택할 것인가. 나는 후자를 선택했습니다.

희망을 선택하기 위해서는 간절히 원하는 것에 정신을 집중해야 합니다. 간절한 소망에 집중하면서 희망을 선택하자, 우리의 상황 또한 희망적으로 바뀌기 시작했습니다. 형진이를 키우고 인생을 살면서 느끼는 것은 바뀌지 않는 현실만 탓하기보다는 그 현실을 바꿀 수 있는 좋은 생각, 좋은 말을 해야 한다는 것입니다.

힘들고 고통스러울 때 "내 인생은 왜 이리 지겨운 거야" 하고 말하고 싶었지만, 그러면 정말 지겨운 인생이 될 것 같아 아들 앞에서는 함부로 말할 수 없었습니다. 오늘 무심히 던진 불평의 말 한마디가 내 인생에 불행을 심는 씨앗이 될 수도 있습니다. 불행 중에서도 꺼낸 희망의 말 한마디가 씨앗이 되기 위해, 내 인생의 어느 한순간을 화려하게 꽃피우기 위해 자라고 있다고 생각해 보십시오. 말이 씨가 된다는 옛말처럼 말이지요.

아들이 힘들어할 때마다 "형진이 다리는 백만 불짜리" 하며 함께 외쳤던 절절한 나의 염원은 현실이 되었습니다. 모 회사에서 형진이 다리에 보험을 들어 주었거든요.

지금 처한 상황이 어렵더라도 무슨 일이든 자신의 신념에 최선을 다했으면 합니다. 그리고 할 수 없다는 투정이 혹시 하기 싫다는 말은 아닌지 생각해 보기 바랍니다. 나의 생각이 나의 하루하루를 만들어 가고, 생각하는 대로 내 모습이 만들어집니다. 다른 사람과 비교하면서 스스로 상처 주는 일도 하지 않았으면 합니다. 여러분 한 사람 한 사람이 모두 부모에게는 소중하기 때문입니다.

 박미경

영화 〈말아톤〉의 실제 주인공 배형진 씨의 어머니입니다. 발달장애인들의 재활을 돕는 말아톤복지재단 이사로 활동하고 있습니다. 배형진 씨는 2012년부터 말아톤복지재단의 커피숍에서 일하고 있으며, 어머니로부터 독립해 장애인 공동생활가정에서 생활하고 있다고 합니다.

네 고통이
너의 자산이다

김순권

사람들은 나를 교수라는 직함보다 '옥수수 박사'라고 더 많이 부릅니다. 녹색 혁명가라고도 하고, 노벨상 후보로도 거론하고 있지요. 하지만 나는 그 모든 것보다 농장에서 흙과 씨름하며 옥수수의 교잡종 연구를 할 때 가장 행복한 사람입니다.

지금은 세계적인 육종 전문가가 되었지만, 나의 학창 시절은 어땠는지 아십니까? 경북 울주 강동면의 오지, 가난한 농가에서 태어난 나는 고등학교에 낙방한 뒤 1년간 낮에는 농사일을 하고, 밤에는 고기를 잡으며 지냈습니다. 얼마나 힘들고 고

되었던지, 이대로 앞으로의 인생을 살아야 한다면 너무 고통스러울 것 같았습니다.

1년 뒤 울산농고에 진학해 정말 열심히 공부했고, 경북대 농대에 진학했습니다. 대학 시절 도서관에서 얼마나 열심히 공부했던지, 여학생들이 법대생인 줄 알고 접근해 올 정도였지요.

대학 졸업 후 농촌진흥청에서 근무하게 된 나는 가장 일찍 출근해, 가장 늦게 퇴근하는 공무원이었습니다. 당시 내가 맡았던 것은 옥수수 육종 분야였는데 일을 하다 보니 그 분야에서 세계적인 전문가가 되겠다는 소망이 솟았습니다. 그래서 외국으로 유학을 가 박사학위를 받았습니다.

당시만 해도 선진국의 농학자들은 개발도상국에선 교잡종 옥수수 생산이 불가능하다고 여겼습니다. 하지만 1970년대에 내가 개발한 교잡종 옥수수 수원19호는 당시 옥수수 농가의 수입을 세 배 이상 올려놓았습니다.

이후 늘 기아에 허덕이는 아프리카 사람들을 위해 나이지리아로 건너갔고, 기생잡초 스트라이가(Striga)에 저항성이 강한 옥수수를 개발하여 아프리카 전역에 육종에 의한 농업 혁명을 일으키기도 했습니다.

그러다 북한 식량 문제가 심각한 상황이라는 소식을 듣고 17년 만에 한국에 돌아와 '한반도 평화를 위한 옥수수 씨앗 개발'에 나선 것입니다. 국제옥수수재단을 설립하고, 북한을 수없이 드나들며 북한의 옥수수 수확량 증가에 힘을 쏟았지요. 앞으로도 계속 좋은 옥수수 품종을 개발해 여러 나라에 '평화의 씨앗'으로 보급할 수 있도록 노력할 것입니다.

여러분은 똥장군이 무엇인지 모를 것입니다. 나는 어렵고 힘들 때마다 옛날 똥장군을 짊어지고 농사짓던 모습을 떠올립니다. 예전에는 밭에 거름을 주기 위해 인분, 그러니까 사람의 똥을 퍼다 날랐는데, 양어깨에 짊어지고 가는 인분을 담은 통이 바로 똥장군입니다. 지금 열심히 노력하지 않으면 평생 이것을 날라야 한다고 생각하니 정신이 번쩍 났습니다.

책상과 의자가 없어서 공부를 잘 못했던 시절, 배가 고파서 더 공부를 할 수 없었던 시절, 고등학교 입학시험에 떨어져 농사를 짓고 고기를 잡던 그때 그 경험이 오늘날 나를 강하게 만든 주동력이었음을 솔직히 고백합니다.

남보다 부족하고, 남보다 가난하고, 남보다 못 배운 부모님을 만나고, 남보다 더 외진 시골에 태어나고, 남보다 덜 똑똑했던 것이 남을 위해 살겠다는, 세상을 바꾸어 놓겠다는 꿈이 되었습니다. 그리고 하나님을 만나며 그 꿈에 확신을 갖게 되었습니다.

지금 여러분이 겪고 있는 고생과 어려움을, 나를 더욱 크게 발전시키기 위한 하나의 훈련 코스라고 생각하고, 좌절하지 말고 더욱 강해지세요. 당신으로 인해 이 세상의 희망이 더욱 커질 수 있음을 확신하세요.

나의 이 부탁은 여러분을 착한 사람으로 만들기 위해 꼬드기려고 하는 말이 아닙니다. 지금껏 살아온 경험에서 체득한 것입니다. 옥수수 신품종 개발로 한국의 농업과학을 바꾸고, 아프리카 대륙을 바꾸고, 북한을 변화시키고, 이제 더 많은 아시아의 가난한 나라들을 바꾸어 갈 내 꿈의 원동력이 바로 남보다 조금 더 불행하고 힘들었던 나의 십대 시절에 축적된 것임을 분명히 알려 드립니다.

나의 인생을 돌아보면 소망을 갖고 주어진 일에 최선을 다할 때 반드시 길이 열렸습니다. 가난한 농사꾼으로 살았을 한 소년에게 심어진 자신감과 미래에 대한 소망이 내 인생을 완전히 새롭게 바꾸어 놓았습니다.

지금 나에게 주어진 현실을 어떻게 받아들이고 소화하느냐에 모든 것이 달려 있습니다. 당장의 어려운 현실을 볼 것이 아니라 먼 미래를 내다보십시오. 그곳에 무한한 가능성이 있습니다.

 김순권

국제옥수수재단 이사장이자 벤처회사 닥터콘의 회장입니다. 북한을 비롯한 아시아 각국의 식량난 해결을 위해 국경을 초월해 뛰어다니고 있으며, 미래 에너지인 바이오 에탄올 개발에도 몰두하고 있습니다. 옥수수 한 알에서 세계평화의 꿈을 뽑아 올리는 평화의 전령사이기도 합니다. 농업 부문의 노벨상이라고 불리는 국제농업연구대상을 국제열대농업연구소(IITA) 연구팀과 함께 수상한 바 있습니다.

오늘 걷지 않으면
내일 뛰어야 해

괜찮아,
온 우주가 너희를 도울
준비가 되어 있어

김제동

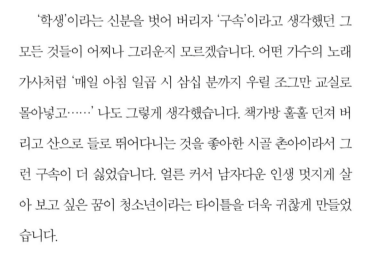

'학생'이라는 신분을 벗어 버리자 '구속'이라고 생각했던 그 모든 것들이 어찌나 그리운지 모르겠습니다. 어떤 가수의 노래 가사처럼 '매일 아침 일곱 시 삼십 분까지 우릴 조그만 교실로 몰아넣고……' 나도 그렇게 생각했습니다. 책가방 홀홀 던져 버리고 산으로 들로 뛰어다니는 것을 좋아한 시골 촌아이라서 그런 구속이 더 싫었습니다. 얼른 커서 남자다운 인생 멋지게 살아 보고 싶은 꿈이 청소년이라는 타이틀을 더욱 귀찮게 만들었습니다.

하지만 시간이 지나고 생각하니 구속이라 여겼던 그 모든 것들이 실은 결코 구속이 아니었습니다. 어린아이가 걸음마도 배우지 않고 달음박질부터 칠 수는 없지 않겠습니까? 내가 생각했던 그런 멋진 성인이 되기 위해서 필수적으로 거쳐야 하는 과정이었던 것이지요. 그것이 바로 여러분이 갖고 있는 이름, 청소년입니다.

이미 성인이 되어 버린 내가 청소년기를 회상하면서 여러분에게 해주고 싶은 말은 한 가지입니다.

'괜찮아, 온 우주가 너희를 도울 준비가 되어 있어.'

초등학교 때 방학만 하면 방학 숙제를 잘하리라 나심에 다짐을 했습니다. 그게 잘되나요. '오늘만, 딱 오늘만 놀고 내일부터 일기도 쓰고 글짓기도 한다!' 그러다가 개학 전날 '일어났다. 놀았다. 잠이 들었다' 순으로 난장판 일기를 써버리고는, 다음 방학 때는 잘하리라 마음먹었지요.

매일 1킬로미터씩 걸어야 하는 숙제가 있습니다. 오늘 걷기가 귀찮아서 내일로 미뤄 버립니다. 내일은 2킬로미터를 걸어야 하고, 모레에는 3킬로미터로 늘어나 있습니다. 숫자가 늘어나면 포기하거나 안간힘을 써서 뛰어가는 수밖에 없습니다. 숨이 헉헉 차고 다리가 다 풀린 채 뛰다 보면 내가 왜 그랬나, 후회되고 앞서 가는 사람이 부럽기 짝이 없습니다.

오늘 뛰어놀아야 하는 것이 내 일이라면 열심히 뛰어노십시오. 공차기도 하고, 나 잡아 봐라 폴짝폴짝 뛰어다니기도 하고. 그러다 보면 누가 시킨 일이 아니라 내가 진정 하고 싶은 '나의 일'이 되는 것입니다. 수학에서 구구단이 어렵다고 안 배우면 나누기도 못 합니다. 나누기를 알기 위해선 다시 구구단으로 돌아가 배워야 합니다.

너무나 당연한 소리를 늘어놓는 것 같지만, 너무나 당연하기에 무심코 지나치기 일쑤입니다. 걸음마 할 때 잘돼라, 잘돼라 손잡아 주는 누군가가 있다는 것은 정말 고맙고 감사한 일입니다. 성인이 되면 그 손은 없어지고 걸음마를 다 뗐으니 혼자 뛰어 보라고들 합니다.

오늘 걷는 것이 귀찮다고 쉬지 말고 부지런히 걸어 봅시다. 부지런히 내 길을 걷다 보면 어떤 세상이 기다리고 있을지 궁금하지 않습니까? 그 세상은 여러분만의 것입니다. 내가 걸어서 당도한 세상이니만큼 그 세상도 여러분을 반길 것이고, 여러분도 그 세상의 가치를 느낄 수 있을 것입니다.

'자기가 무엇인가를 간절히 원할 때 우주는 자네의 소망이 실현되도록 도와준다네.'

여러분 무엇이 되었든지 지금 시작합시다. 파울로 코엘료의 책 《연금술사》에 나오는 이 말처럼 여러분만 시작하면 온 우주가 나서서 도와줄 것입니다.

'희망'과 '망상'은 종이 한 장 차이일 것입니다. '희망'은 바라고 노력하여 그것을 향해 나아가는 것이고, '망상'은 바라되 되지 않는다고, 난 안 된다고 주저앉는 것입니다.

일어나서 지금 시작하십시오. 온 우주가 여러분을 도울 준비가 되어 있습니다.

 김제동

방송인입니다. 1994년 문선대 사회자를 시작으로 야구장·농구장 장내 아나운서, 각 대학의 오리엔테이션 강사, 축제 진행자를 거쳐 2002년 KBS 〈윤도현의 러브레터〉를 통해 연예계에 데뷔했습니다. KBS 〈스타골든벨〉, 〈연예가 중계〉, 〈해피투게더〉, MBC 〈환상의 짝꿍〉, 〈느낌표〉, SBS 〈야심만만〉, 〈실제상황 토요일〉 등을 진행했습니다. 2009년부터는 자신의 이름을 내건 토크콘서트로 매해 무대에서 직접 관객들을 만나 소통하고 있습니다.

아름다운
방황을 하라

최재천

러시아의 시인 푸시킨은 '현재는 언제나 슬프고 괴로운 것'이라 했습니다. 그러나 나의 현재는 그리 슬프고 괴롭지 않습니다. 아니 더 솔직히 고백하면 나는 지금 대단히 행복합니다.

나는 어렸을 때 책상에 앉아 있는 것보다 산으로 강으로 놀러 다니는 걸 훨씬 더 좋아했습니다. 그 때문에 부모님께 걱정도 참 많이 끼쳤고 반성문도 수없이 썼습니다. 하지만 이제 남의 눈치 보지 않고 산으로 들로 강으로 바다로 돌아다니며 버젓이 밥 잘 먹고 잘 살고 있으니 이보다 더 큰 행복이 어디 있겠습니까?

대부분의 세상 사람들은 어렸을 때 하고 싶었던 것과는 전혀 상관없는 일들을 하며 삽니다. 내일을 위해 단 몇 푼의 돈을 벌려고 현재를 희생합니다. 언젠가는 늘 하고 싶었던 일을 하게 되리라 꿈꾸지만, 대부분의 사람에게 그 언젠가는 영원히 오지 않습니다. 자기가 가장 하고 싶은 일을 하기에는 너무 늙어 버린 어느 날 '지나간 것은 항상 그리워지는 법'이라는 푸시킨의 다른 시구를 떠올리며 씁쓸한 미소를 머금을 뿐이지요.

나는 어려서 타잔 영화를 무척 좋아했습니다. 시원한 나무 위에 그림 같은 집을 짓고 늘 멋진 미녀와 함께 살며 손만 뻗으면 닿을 거리에 잘 익은 바나나며 파인애플이 흐드러진 곳. 소리만 지르면 코끼리 떼들이 몰려와 도와주고 침팬지를 친구 삼아 온갖 화려한 깃털의 새들이 날아다니는 숲 속을 거닐 수 있는 곳. 천국이 있다면 아마 저런 곳이리라 생각했습니다.

타잔 영화를 볼 때마다 이담에 크면 꼭 저런 곳에 가서 살리라 굳게 맘먹었습니다. 그러면서 아버지가 방 천장 가득 붙여 주신 커다란 세계지도 속 타잔이 살 것 같은 곳들에 붉은 동그라미를 그려 두었습니다. 하지만 사실 당시 나는 어떻게 하면 타잔을 만나러 갈 수 있는지에 대해서는 전혀 아는 바가 없었습니다.

그런데 삶이란 참 신기합니다. 늘 꿈을 꾸며 살다 보면 어느 날 전혀 예상하지 못했던 기회가 찾아옵니다. 꿈을 버리지 않고 나에게 주어진 일들을 열심히 하며 살다 보니 내게도 그런 기회가 왔습니다. 그렇게도 그리던 열대에 첫발을 디딘 것은 내가 타잔네 동네를 동경하기 시작하고 족히 20년은 지난 후였습니다. 내게는 마치 겁(劫)과 같은 긴 기다림이었지만 끝내 오고야 말더라는 것이지요.

1984년 여름 나는 파나마 운하 한가운데에 있는 스미스소니언 열대연구소를 찾았습니다. 파나마 공항에서 버스와 기차를 몇 번씩 갈아타며 호숫가 간이역에 도착했습니다. 바로 코앞도 보이지 않는 어둠을 뚫고 억수같이 퍼붓는 빗속에 작은 배를 타고 도착한 그곳. 평생 잠을 설친다는 게 뭔지 모르고 살았는데 그날 밤엔 정말 흥분에 겨워 한숨도 자지 못했습니다.

다음 날 아침 일찍 연구소 사무실에 들러 등산로 지도를 받아 들곤 곧바로 정글 안으로 들어섰습니다. 어젯밤과는 달리 쾌청한 날이었습니다. 뜨거운 햇살에 금방 물에 빠졌다 나온 것

같은 자연이 훈훈한 김을 뿜어 올리고 있었습니다. 그런데 얼마나 걸었을까요? 갑자기 머리 위에서 캑캑 우우 하는 소리가 들려왔습니다. 고개를 들어 올려다보니 저만치 나무 꼭대기에 얼굴 가득 흰 털이 복슬복슬 나 있는 한 무리의 꼬리말이원숭이들이 자기 영역을 침범한 '털 없는 원숭이' 한 마리를 주의 깊게 내려다보고 있었습니다.

동물원 철책 안에서만 보던 내 사촌들을 처음으로 야생에서 만난 것입니다. 내게는 참으로 감격적인 순간이었습니다. 영장류는 내가 어려서부터 가장 보고 싶고 연구하고 싶었던 동물입니다. 불행히도 우리나라 산야에는 살지 않지요. 이웃 나라 일본에는 일본원숭이가 야생에 삽니다.

이제 나는 어릴 적 꿈을 이루었습니다. 2006년 11월부터 인도네시아 정글에서 자바긴팔원숭이에 대한 연구를 시작했습니다. 전기도 들어오지 않던 강릉 촌구석에서 태어난 촌놈이 꿈을 버리지 않고 뛴 덕에 미국에 가서 공부도 하게 되었고 이제는 어엿한 대학교수가 되어 매순간 내가 제일 좋아하는 일을 하며 잘 살고 있습니다.

나는 학생들에게 늘 "젊은 시절의 방황은 아름다운 것"이라고 말합니다. 지금 혹시 '삶이 그대를 속일지라도 슬퍼하거나 노여워' 마십시오. '슬픔의 날을 참고 견디면 머지않아 기쁨의 날이 오리니' 잠자는 시간을 제외한 매 순간 내가 가장 하고 싶은 일이 무엇인지 악착같이 찾는 아름다운 방황을 하기 바랍니다.

'방탕하라'는 말이 아닙니다. 아름답게 방황하라는 것입니다. 그런 방황의 끝에 드디어 꿈의 끈을 잡으면 그걸 꽉 쥐고 그냥 앞만 보고 달리십시오. 그러면 언젠가는 행복한 삶이 여러분을 기다리고 있을 것입니다.

 최재천

세계적인 동물행동학자입니다. 미국 펜실베이니아 주립대에서 생태학 석사학위, 하버드대에서 박사학위를 받았습니다. 미국곤충학회 젊은과학자상, 대한민국과학문화상을 수상했으며, 30권 이상의 책을 집필 또는 번역했습니다. 이화여대 에코과학부 석좌 교수, 국립생태원 초대원장으로 일하고 있습니다. 분과학문의 경계를 넘어 새로운 지식을 만들어 내고자 설립한 통섭원의 원장이며, 기후변화센터와 136환경포럼의 공동대표, 생명다양성재단의 대표입니다

사랑하는 사람만이
정상에 선다

엄홍길

　유년 시절부터 산은 나의 친구요 놀이터였습니다. 세 살 때 서울에 올라온 우리 가족은 도봉산 자락에 터를 잡았고 부모님은 그곳에서 도봉산을 오가는 등산객에게 물건을 파셨습니다. 그곳에서 자연스럽게 등반 장비들을 접하고 애써 산을 오르는 사람들을 만나면서 산을 오르는 일은 나에게 놀이 이상의 매력을 가지고 다가왔습니다. 형제들 중 유독 산을 좋아했고 산에서 토끼도 잡고 나무도 하면서 산과 친해졌습니다.

　사십이 넘도록 나를 키운 것은 산이었습니다. 산에 오를 수 있어서 행복했고 지금도 산을 사랑합니다. 산을 오르는 사람들 사이에서는 산이 그를 받아 줄 때 산의 정상에 설 수 있다는 믿음이 있습니다.

즉, 산을 오르는 인간의 정신세계와 산의 정신세계가 맞아떨어질 때, 정상에 꼭 오르겠다는 다부진 의지보다는 산을 사랑하는 순수한 마음이 있을 때 산이 잠시라도 그 사람에게 정상의 자리를 내어 준다는 이야기일 것입니다. 인간의 발길을 거부하는 에베레스트나 히말라야 등 최고봉일수록 이 불문율은 더욱 겸손하게 지켜지고 있습니다.

학창 시절에는 태권도, 유도, 복싱 등 운동에 빠지기도 했습니다. 그러나 그 어느 것도 산만큼 나를 끌어당기지는 못했습니다. 산의 매력에 빠진 나는 전문적인 등반 기술을 배우게 되었고, 그 등반 기술을 바탕으로 더 넓은 곳으로 나아가고, 더 높은 산을 향하여 도전하게 되었습니다.

때로 사람들은 나에게 묻습니다. '생명의 위험까지 감수하면서 그 험한 산을 왜 그렇게 힘들게 오르는가'라고. 아마 누구라도 이 질문에는 현명한 답을 하기가 쉽지 않을 것 같습니다. 산이 거기 있어서 오른다는 대선배의 고백도 있지만, '나는 산을 사랑한다'는 말이 답이 될 수 있을까요?

사랑을 넘어서 나는 스스로의 한계를 이겨 냄으로써 나의 육체적 한계를 극복하고 싶은 소박한 꿈을 가지고 있습니다. 새로운 산에 오를 때마다 나의 한계에 도전한다는 각오로 발걸음을 뗍니다. 결혼한 후로는 이 한 걸음 한 걸음이 더욱 신중해졌습니다. 산에 대한 사랑 못지않게 아내와 아이에 대한 사랑과 책임감이 나의 발걸음을 신중하게 합니다.

나의 또 다른 정복되지 않은 봉우리는 바로 '학사봉'입니다. 나는 2010년 한국외국어대 중국어과를 졸업했습니다. 불혹이 넘은 나이에 새삼스럽게 어린 학생들과 함께 공부를 시작한 이유는 중국어를 배워서 아직 등정되지 않은 중국의 명산들을 오르고 싶었기 때문입니다.

나는 스페인어와 네팔어, 영어를 구사할 수 있습니다. 스페인 원정대와 다섯 번의 합동 등반을 하며 스페인어를 배웠습니다. 외국 등반 팀과 한 팀이 되어 산을 오르다 보면 같은 언어로 의사소통하는 일이 절실하게 필요합니다. 같이 등반한다는 것은 뜻을 같이하는 것이고, 뜻을 나누는 데 있어 언어와 문화를 이해하는 것은 아주 중요합니다.

산을 오르는 것도 그렇고, 공부를 하는 것도 그렇습니다. 정상에 올라섰다는 것은 이제 겸손하게 다시 산을 내려가야 한다는 것이고, 대학을 졸업했다는 것은 새로운 배움의 길이 열리고 있다는 뜻입니다.

내가 대학원 체육학과에 다시 입학한 이유 역시 별로 다르지 않습니다. 이 땅의 젊은이들에게 나의 경험과 배움을 바탕으로 해서 도전 정신과 호연지기를 전해 주고 싶은 또 다른 소망이 생겼기 때문입니다.

나는 자연이야말로 인간의 순수한 내면을 성숙하게 만들 수 있다고 믿습니다. 지금 우리 사회에서 일어나고 있는 여러 사회현상이나 사건들은 정신적으로 나약해지고 피폐해져서 일어나는 것이며, 그것을 치유할 수 있는 길은 오직 자연 속에 있다고 믿습니다.

그동안 수많은 산을 오르면서 때로 절망하고 때로 상처받았지만, 산은 이내 나를 치료해 주었습니다. 네 번이나 나를 거부했던 안나푸르나(풍요의 여신) 봉은 다섯 번째에 나를 받아 주었지요.

많은 실패와 좌절, 눈물 그리고 희생이 있었지만 나는 감사

합니다. 산을 사랑하는 나의 마음을 안 그녀가 잠시나마 나에게 정상의 자리를 내어 주었다고 믿기 때문입니다.

　세상은 사랑하는 사람에게만 정상을 내줍니다.

 엄홍길

산악인입니다. 수도 없이 사선을 넘나들고 극한의 고통을 겪으면서도 산에 오르기를 멈추지 않았고, 8천 미터가 넘는 히말라야의 고봉 16좌를 모두 오른 세계 최초의 산악인이 되었습니다. 산을 오르며 깨달은 자연과 인간에 대한 사랑을 실천하기 위해 '엄홍길 휴먼재단'을 설립했고, 네팔의 오지에 초등학교 16개를 세우는 '휴먼스쿨' 프로젝트를 진행하고 있습니다.

베이스캠프만
치고 만다고?

박지영

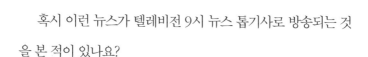

　혹시 이런 뉴스가 텔레비전 9시 뉴스 톱기사로 방송되는 것을 본 적이 있나요?

　"시청자 여러분! 기뻐하십시오. 이번에 모 산악인이 에베레스트 산 중턱까지 등반하여 베이스캠프를 쳤다고 합니다. 우리 국민 모두의 쾌거라 아니할 수 없습니다. 지금까지 산 중턱에 오르기 위해 사력을 다한 저 산악인에게 뜨거운 격려의 박수를 보냅시다."

　산을 오르기 시작했다면 적어도 정상에 올라야 산을 올랐노라고 할 수 있겠지요. 베이스캠프만 친 것을 가지고 등반을 마쳤다고 생각한다면 다소 우스워 보일 것입니다.

그런데 세상 살다 보면 이런 우스운 뉴스와 같은 일이 상당히 자주 일어납니다. 중간고사 성적이 잘 나오거나 대학에 합격하거나 좋은 직장을 얻거나 하면 마치 산 정상에 오른 양, 그래서 세상의 모든 것을 다 얻은 양 좋아하고 주위에서도 칭찬과 박수를 보냅니다.

그린데 과연 그럴까요? 성적이 잘 나오고 대학에 합격하고 좋은 직장을 다니게 된 것이 산 정상에 오른 것과 같은 것일까요? 우리 인생의 목표가 그렇게 무언가를 손에 쥐고 다른 사람이 부러워하는 어떤 자리에 올라가는 것, 그 자체일까요? 이 질문에 대해 나는 '아니오!'라고 크게 외치고 싶습니다. 그것은 기껏해야 산허리에 베이스캠프를 친 것에 불과합니다.

나는 다섯 살 때부터 15년간 피아노를 쳤습니다. 예술을 전문으로 가르치는 학교에서 중·고등학교 시절을 보내며 피아노가 인생의 전부인 것처럼 생각하고 살았습니다. 그런데 열아홉 살에 임파선암에 걸리면서 건반을 떠나게 되었습니다.

인생의 목표가 피아니스트가 되는 것이라면 피아니스트가

되는 일이 불가능해졌으니 나의 인생도 무의미해져야 했겠지요. 그런데 그렇지가 않았습니다. 여전히 너무나 귀한 인생이고, 나는 이 아름다운 지구에 단 하나밖에 없는 소중한 존재였습니다. 머리카락이 다 빠지고 하루에 열 시간씩 토했지만 그래도 거울 앞에 선 내 모습을 결코 미워할 수 없었습니다.

내 인생이 의미 있는 이유는 피아노를 잘 치고 공부를 잘해서가 아니었습니다. 지금 내가 어떠한 모습을 하고 있든 살아 있다는 것 자체로, 그 모습 그대로 의미 있는 삶임을 깨달았습니다. 그리고 그 살아 있음으로 인하여, 다른 사람들이 기뻐하고 즐거워하는 일을 하고 있다면 정말로 훌륭하고도 값진 삶이 되는 것이지요.

그렇다면 우리가 올라가야 할 산꼭대기, 인생의 목표는 무엇일까요? 나로 인하여 내 주위의 사람이 행복해지는 기쁨을 더불어 누리는 것, 이것이겠지요. 대학, 직장, 경제적 안정은 이러한 목표를 향해 산허리에 잠시 쳐놓은 베이스캠프에 불과합니다.

그렇다면 공부를 잘하지 못한다고, 주머니가 좀 비어 있다고 속상해할 필요가 없지 않을까요? 다른 곳에 베이스캠프를 치거나 등산 말고 다른 방법으로 산봉우리에 오르면 되니까요.

나는 건강이 뒷받침되지 않아 피아노라는 베이스캠프를 더 이상 칠 수 없게 된 것에 실망하지 않았습니다. 그래서 이웃의 기쁨이라는 산봉우리를 오르기 위해 변호사라는 다른 베이스 캠프를 칠 수 있었지요.

만약 변호사가 된 것 자체를 산 정상에 오른 것으로 착각하고서 아무것도 하지 않는다면, 앞서 말한 것처럼 베이스캠프만 치고 산꼭대기는 향하지 않는 우스운 인생이 될 것입니다. 정말 중요한 것은 베이스캠프를 치고 난 후 어떻게 사느냐입니다.

그렇다 해도 지금 당장 힘들고 지칠 때가 많을 거라고 생각합니다. 하지만 진정한 인생의 목표, 산봉우리를 생각해 보기 바랍니다. 산 정상에 오른 나를 보며 환하게 웃을 사람들, 그로 인해 행복해질 내 모습을 생각하면 베이스캠프를 치는 힘든 기간을 조금은 수월히 견딜 수 있지 않을까요?

 박지영

피아노 치는 변호사입니다. 열아홉 살에 임파선암에 걸리며 음악에 대한 꿈을 버려야 했습니다. 끝이 보이지 않는 터널 속에서도 멈추지 않고 조금씩 나아가자 터널이 끝나고 새로운 삶이 다가왔습니다. 항암 치료를 멈추고 연필을 잡았고, 서울대 음악대학(작곡이론 전공)과 법과대학을 졸업했으며 사법고시에 합격했습니다. 최근에는 영세한 공연예술 단체들을 위한 무료변론을 하는 등 문화예술 사건에 집중하고 있습니다.

꿈은 꾸는 것이
아니라 잉태하는 것

유애리

"꿈을 잉태하라!"

전북 산골에서 가난하게 태어나 고학을 한 류태영 박사님의

강연 제목입니다. 꿈을 꾸는 것으로는 부족하다, 꿈을 잉태해야

그 꿈을 실현하기 위해 열심히 노력하고 결실을 본다는 말이지

요. '아' 다르고 '어' 다르다고 하는데 말하기가 직업인 나에게는

'꿈을 꾸어라'를 '잉태하라'로 바꾼 문장이 얼마나 다르게 느껴

졌는지 모릅니다. '꿈을 잉태하라'는 것은 목표가 확실한 꿈을

갖고 노력하면 결실을 맺을 수 있다는 것입니다.

내가 방송계로 진로를 정하고 꿈을 굳힌 것은 대학에 들어가서입니다. 나는 고등학교 입시를 치른 마지막 세대입니다. 명문 고등학교에 입학하긴 했지만, 철없이 공부에 집중하지 못했습니다. 가정 형편도 어려워져 학습 의욕이 꺾였습니다. 입시를 앞두고 스트레스 탓이었는지 크게 아팠고, 시험 결과도 나빠 대학 입시에 실패했습니다.

당시 집안 형편이 좋지 않았던 터라 결과적으로는 효도가 된 셈이었습니다. 집에서는 내심 이참에 취업을 했으면 하는 눈치였습니다. 하지만 인문계 고등학교 졸업생이라 마땅한 일자리를 찾기도 쉽지 않았습니다.

구겨진 자존심에 하릴없이 시간만 보내다가 예비고사, 지금의 수능 시험 한 달 전에 마음을 잡고 대학을 갈 수 있는 방법을 찾았습니다. 뒤늦게 동네 독서실에서 시험 준비를 했고, 다행히 장학금을 받으며 학교에 다닐 수 있는 기회도 얻었습니다.

입학하자마자 곧바로 졸업 후 진로를 방송계, 그중에서도 아나운서 직종으로 정하고 구체적인 실행 방법을 설계했습니다. 나의 결심이 흔들릴까 봐 친구며 주변 지인들에게 아나운서가 될 것이라고 먼저 떠들고 다녔습니다. 배수진을 친 것입니다.

1학년 때부터 학점 관리를 하며 방송국 입사시험 준비를 했습니다. 아나운서 아카데미가 없던 시절이라, 각종 채널의 방송을 보고 혼자서 흉내 내며 아나운싱 연습을 했습니다. 여러 아나운서의 장단점을 분석하면서 발음 연습을 부지런히 했지요. 귀명창이 되니 자연스럽고 분명한 표현 방법에 대한 감이 왔습니다.

방송을 보고 듣고 분석하는 데 시간을 많이 들이다 보니 자연 동아리 활동이나 축제 등 대학 생활의 즐거움은 접을 수밖에 없었습니다. 경제 형편을 고려해 교직 과정도 이수했지만, 교생 실습을 거치며 교직보다는 방송이 내 적성에 맞는 일이라는 믿음이 더욱 강해졌습니다.

방송을 직업으로 삼겠다는 한 가지 목표만을 바라보고 달려왔지만, 경쟁률이 높아서 한시도 방심하기 어려웠습니다. 어렵지만 달리 선택할 길이 없다고 여기니 불안하면서도 한편으로는 집중이 잘되었습니다. 불광불급(不狂不及), 미치지 않으면 다다르지 못한다고 하던가요.

대학 4학년 2학기, 각 방송사의 채용 시험이 시작되었습니다. 채널A의 전신인 동아방송에 지원했고 6차에 걸친 시험 관문을 잘 통과해 합격했으나, 언론 통폐합으로 임용취소 통고를 받았습니다. 어렵사리, 통과한 관문인데 회사가 문을 닫고 타사에 통합되는 상태라 신입사원 채용이 없던 일이 된 것이지요. 이때가 가장 힘들었습니다. 4년간의 준비와 도전이 물거품이 되는 기분이었습니다.

다행히 이듬해인 1981년 봄, KBS가 신입사원 채용 공고를 냈습니다. 다시 도전해 준비한 것이 헛되지 않아 KBS 공채 8기 아나운서가 되었고, 지금까지 35년째 방송을 하고 있습니다.

젊어서 고생은 사서도 한다, 꿈은 꾸지 말고 잉태하라, 미쳐 봐야 목표에 다다를 수 있다는 말. 이 세 가지 말은 지금까지 내 인생에서 한 번도 틀렸던 적이 없습니다. 지금 고민하고 방황하는 친구들이 있다면, 이 말들을 지나치지 않았으면 합니다.

 유애리

부드럽고 차분한 진행으로 오랫동안 사랑받아 온 아나운서입니다. TV 〈KBS 뉴스 옴부즈맨〉과 〈무엇이든 물어보세요〉, 〈월드뉴스〉, 라디오 〈집중 인터뷰〉, 〈라디오 24시 유애리입니다〉, 〈명사들의 책 읽기〉 등의 진행을 맡았습니다. 2000년 여성특별위원회 국무총리 표창, 2009년 제36회 한국방송대상 아나운서상, 2010년 문화포장을 수상했습니다. KBS 제주방송 총국장을 역임한 바 있습니다.

누군가 널 지켜본다고
생각해 봐

문요한

　나는 어릴 때부터 유독 남을 의식하는 편이었습니다. 남들에게 인정받아야 하고, 실수나 잘못을 저질러서는 안 된다는 생각이 강했습니다. 그러다 보니 당연히 창피를 많이 느끼고, 사람들 앞에서 긴장을 많이 했습니다. 낯선 사람 앞에 가면 눈을 잘 맞추지 못했고, 사람이 많은 곳에 가면 나만 바라보는 것 같아 행동이 부자연스러워졌지요.

　형들에게 물려받은 다 헤진 교복 바지를 입고 다니면 사람들이 다 내 엉덩이만 바라보는 것 같아 가방을 뒤로 들고 다녔습니다. 심지어는 물건을 사러 상점에 갔다가 말을 꺼낼 수가 없어서 그냥 돌아온 적도 있었습니다.

나는 정도가 좀 심했지만, 청소년기에는 누구나 타인을 의식하는 경향이 높아집니다. 성장의 자연스러운 과정이지요. 하루에도 수십 번씩 거울을 들여다보며 빗질을 하는 등 옷과 외모에 부쩍 신경을 쓰기 시작합니다.

청소년들이 이렇게 자아 중심적 특성을 보이는 이유를 어떤 심리학자는 '상상 속의 관중(imaginary audience)'을 만들기 때문이라고 설명합니다. 즉 자신이 무대에 선 주인공이고, 다른 사람들은 자신을 바라보는 관중인 것처럼 생각하는 경향이 강하다는 것이지요. 흔한 표현으로 하면 이 시기에는 다들 어느 정도 '왕자병', '공주병'에 걸린다고 보면 됩니다.

하지만 시간이 지날수록 현실은 다르다는 것을 알게 됩니다. 자신을 향해 쏟아지는 스포트라이트는 보이지 않고 박수 소리도 들리지 않습니다. 부풀었던 자신에 대한 존재감도 사그라듭니다. 내가 더 이상 무대의 주인공이 아니며 다른 사람의 연기를 바라보는 관객이라는 느낌에 빠지게 되지요. 그러다 보면 자연스럽게 삶의 방관자가 되어 버립니다. 그 괴리 때문에 우울

감에 빠지는 사람도 있고, 어떤 이들은 나이 들어 어른이 되어 가는 증거라고 애써 스스로를 위로하기도 합니다.

나 역시 그랬습니다. 한동안 꿈을 잃고 관객이 되어 살았습니다. 다른 사람의 뒤꽁무니를 쫓아다녔고 다른 사람을 흉내 내기에 급급했습니다. 하지만 아이가 태어나고 아버지가 되면서 삶이 달라지기 시작했습니다. 커가는 아이들을 보며 '나는 이 아이들에게 어떤 사람이 될 것인가?'라는 물음을 피해 갈 수 없었기 때문입니다.

청소년 시절 사람들의 눈초리가 나를 따라다녔다면, 아버지가 되어서는 아이들의 시선이 나를 따라다녔습니다. 하지만 그것은 짐이 아니었습니다. 관객들 앞에 서면 없던 힘도 생겨나는 배우처럼 나 역시 아이들의 시선을 떠올리면 '더 좋은 사람'이 되려는 에너지가 솟아났습니다.

나는 다시 꿈을 꾸기 시작했습니다. 잃어버린 호기심과 도전 정신을 되찾고 내가 가장 빛날 수 있는 곳으로 나아가고 싶었습니다. 뒤따라가는 것이 아니라 나 스스로 길을 만들고 싶었습니다. 그리고 지금은 그 꿈을 향해 한 걸음씩 나아가고 있는 중입니다.

누군가 나를 지켜보고 있다는 것은 짐일 수도 있지만, 힘이 될 수 있다는 것을 말하고 싶습니다. 아무 상관도 없는 불특정 다수의 시선 대신에 나에게 힘이 되는 누군가의 구체적인 눈동자를 떠올려 보세요. 그 사람은 부모님일 수도 있고, 자애로운 신일 수도 있고, 친구일 수도 있고, 미래의 자신일 수도 있습니다. 관객의 수는 중요하지 않습니다. 좋아하는 누군가가 나를 지켜본다고 생각해 보는 겁니다.

한 사람의 관객이라도 있는 한 그대는 인생의 영원한 주인공입니다. 열연하십시오!

 문요한

정신과 전문의이자 심리훈련 전문가입니다. '더나은삶정신과'와 심리훈련과 멘탈 코칭을 전문으로 하는 '정신경영 아카데미'를 운영하고 있습니다. 그는 어떠한 상황에서도 딛고 일어설 수 있는 생명력이 우리 안에 있고, 이를 깨우는 것이야말로 삶의 문제를 해결하고 인생을 주도적으로 살아가는 열쇠라고 말합니다. 《굿바이, 게으름》, 《천 개의 문제, 하나의 해답》, 《스스로 살아가는 힘》 등의 책을 썼습니다.

꿈부터
써봐

김수영

안녕, 친구들!

나는 김수영이라고 해. 어떤 사람들은 날 골든벨 소녀라고 부르고(1999년에 KBS 〈도전! 골든벨〉에 나가서 우승했거든), 매니저님이라고도 부르고(나는 지금 영국 런던에서 세계적인 에너지 회사인 로열더치쉘의 카테고리매니저로 일하고 있어), 김 작가님이라고도 불러(《멈추지 마, 다시 꿈부터 써봐》라는 책을 썼거든). 호칭은 중요하지 않지만, 그냥 수영 언니(누나)라고 불러 줘. 너희만 괜찮다면.

이 글을 읽는 너는 몇 살인지 모르겠지만, 열여섯 살의 나는 참 혼란스럽고 괴로웠어. 너처럼 착하고 순진무구한 아이에게 이런 걸 얘기해도 괜찮을지 모르겠지만, 난 소위 말하는 불량소녀였단다. 술과 담배를 하고, 선생님과 맨날 싸우고, 폭주족들과 어울리고 다니며 여기저기 싸움에 휘말려 많이 맞기도 했어. 그러다 가출을 했고 중학교에서 강제로 퇴학당했지.

물론 내가 괜히 그런 건 아니야. 나도 다 이유가 있었다고. 초등학교 때 아버지 사업이 부도가 났어. 재래식 화장실(이런 거 본 적 있니?)이 있는 시골집에서 살았는데, 준비물 살 돈이 없어 학교 선생님께 혼나곤 했어. 아빠의 술주정에 아무 말도 못 하는 엄마의 눈물을 보며 분노를 삼켰고, 1년간 왕따를 당하고도 혼자 눈물을 참아야 했어. 그래서 중학교 때 '미친 존재감'을 가져 보려고 그렇게 튀는 행동을 했는지도 몰라. 사실 내가 정말 원했던 건 누군가의 관심과 애정이었는데 말이야.

가출을 했을 때였어. 서태지와 아이들의 〈컴백홈〉이라는 노래를 듣는데, '아직 우린 젊기에 괜찮은 미래가 있기에'라는 노랫말에 눈물이 왈칵 쏟아졌어. "너 도대체 뭐가 될래?" 이런 말을 들으며 나 자신을 쓰레기 취급해 왔는데, 젊다는 이유만으로 나도 괜찮은 미래를 가질 수 있다는 믿음을 가지게 되었지.

아무도 챙겨 주지 않더라도 내 인생은 내가 챙겨야겠다고 결심하며 집에 돌아왔고, 내 인생은 변하기 시작했어. 상업고등학교에 갔지만 버려진 문제집에 써진 답을 지워 가면서 공부해 원하는 대학에 입학했단다. 그 후 많은 일들이 있었지. 5년 전에 평생 이루고 싶은 꿈을 써보니 일흔세 가지가 되더라고. 그런데 그중 서른세 가지가 이뤄졌어.

이 글을 읽는 너는 어떤 아이일까? 어떤 고민을 하고 있을까? 부모님의 잔소리, 학교 성적, 짝사랑하는 사람, 친구와의 갈등…… 잘 모르지만 세상이 다 마음에 들지는 않을 거야. 아직은 부모님의 통제하에 있기 때문에 더더욱 답답할지도 모르겠어.

하지만 열여섯 살의 나에게 해주고 싶었던 이야기를 너에게 대신 해주고 싶어. 세상엔 바꿀 수 있는 것이 있고 바꿀 수 없는 것이 있다고.

내가 태어난 나라, 환경, 가족, 성별(음, 성전환 수술을 하면 바꿀 수도 있겠구나), 무엇보다 이제까지 살아온 과거는 바꿀 수 없어. 바꿀 수 없는 건 그냥 있는 그대로 인정하고 긍정적으로 생각하자. 누군들 부잣집 왕자, 공주로 태어나고 싶지 않았겠니? 반면에 네가 앞으로 살아갈 환경, 주변 사람, 직업, 삶의 방식, 그러니까 너의 현재와 미래는 바꿀 수 있단다.

게다가 네가 살아온 시간보다 앞으로 살아갈 시간이 네 배나 더 길어(100세 시대니까). 네가 지금 어떤 꿈을 꾸고 그 꿈을 이루기 위해 어떻게 노력하느냐에 따라 앞으로의 80년은 완전히 달라질 수 있어. 가깝게는 10년 후, 멀게는 80년 후 너는 어떤 모습으로 살고 싶니? 죽기 전에 '참 멋진 인생이었지' 하고 지난 삶을 회상하려면 어떻게 살아야 할까?

꼭 당장 대답할 필요는 없어. 앞으로 살면서 더 많은 경험을 하며 생각이 바뀔 테니까 말이야. 중요한 건 네 삶을 '선택'하는 거야. 그냥 주어지는 대로 사는 게 아니라, 네가 선택한 방식대로 사는 것이지.

살아가는 순간순간이 선택이야. 지금 이 순간 행복할 것인지 불행할 것인지, 도전할 것인지 포기할 것인지, 혼자 외롭게 살 것인지 사람들과 즐겁게 살 것인지. 그리고 그 선택의 결과가 바로 네 인생이 되는 거야. 즉, Σ지금 이 순간=인생이라는 거지.

그러니까 계속 꿈을 꾸고, 그 꿈을 이루기 위한 선택을 하다

보면 내 인생은 그야말로 꿈에 가까운 '빤따쓰틱~'한 삶이 되겠지? 상상만 해도 행복하지 않니? 하지만 상상만큼 중요한 것은 바로 믿음과 실천이야.

'오랫동안 꿈을 그리는 사람은 마침내 그 꿈을 닮아 간다.'

아무도 내 꿈을 응원하지 않았고 과연 꿈을 이룰 수 있을까 믿음이 부족해서 힘들었던 고3 시절, 수도 없이 되뇌었던 앙드레 말로의 문구야.

지금 힘들다고 해서, 당장 짜증 난다고 해서 포기하고 화내지 말자. 누구의 인생도 아닌 내 인생이니까. 누구보다 멋지게 살아갈 내 인생이니까 말이야.

 김수영

《멈추지 마, 다시 꿈부터 써봐》의 저자입니다. 대학 졸업 후 세계적인 투자은행 골드만삭스에 입사했지만 기쁨도 잠시, 몸에서 암세포가 발견됩니다. 죽기 전에 이루고 싶은 73개 꿈 리스트를 작성한 뒤, '인생의 3분의 1은 한국에서 살았으니 다음 3분의 1은 세계를 돌아다니고, 마지막 3분의 1은 가장 사랑하는 곳에서 살고 싶다'는 첫 번째 꿈을 이루기 위해 런던으로 날아갔습니다. 현재 꿈 리스트는 83개로 늘어났으며, 더 많은 이들에게 꿈의 씨앗을 나누어 주기 위해 오늘도 바쁘게 뛰고 있습니다.

희망 좇아 날리는
술래가 되어라

이상재

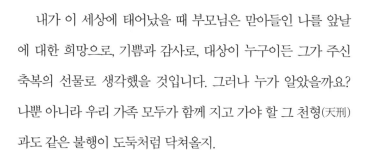

  내가 이 세상에 태어났을 때 부모님은 맏아들인 나를 앞날
에 대한 희망으로, 기쁨과 감사로, 대상이 누구이든 그가 주신
축복의 선물로 생각했을 것입니다. 그러나 누가 알았을까요?
나뿐 아니라 우리 가족 모두가 함께 지고 가야 할 그 천형(天刑)
과도 같은 불행이 도둑처럼 닥쳐올지.

  일곱 살 때였습니다. 동네 형들과 술래잡기 놀이를 하던 나
는 술래의 등만 바라보고 뛰다가 그만 달려오는 차에 치이고
말았습니다. 머리를 땅에 부딪쳐 의식을 잃었고, 발목 뼈는 가

루가 되었습니다. 아홉 번의 대수술에도 불구하고 열 살 되던 해 여름 '실명'이라는 무서운 선고를 받았고, 시각 장애인들을 위한 특수학교에 들어갔지요.

중학교에 입학하던 해, 사춘기가 찾아왔습니다. 주말마다 책을 읽어 주러 오던 한 여학생을 좋아하게 되면서, 나라는 존재의 가치와 삶의 의미 그리고 가능성과 한계에 대해 생각했습니다. 장애와 보잘것없는 내 현실에 대한 뼈저린 깨달음, 눈을 감는 순간까지 평생을 이 상태로 어찌해 볼 수 없을 거라는 절망감으로 눈물 흘려야 했습니다.

밤을 새워 가며 공부를 해봐도, 마음을 추스르고 암담한 상황 속에서 한 가닥 희망을 찾아보려 애써 봐도, 그 무엇으로도 나의 불행을, 그 상처를 치유할 수 없을 것이라는 막막함과 무력감에서 벗어날 수 없었습니다. 학교 가까이에 있던 공원에 가서 목이 터져라 소리를 지르고 술을 마시고 담배를 피웠습니다. 그 세대, 그 나이에 생각할 수 있는 탈선이란 탈선은 다 저지르고 다녔지만 돌아오는 건 오직 공허한 메아리뿐이었지요.

하지만 밴드부에 들어가고 클라리넷을 시작하게 되면서 나는 조금씩 달라졌습니다. 밤마다 손끝으로, 주말에는 책을 읽어 주는 학생들의 맑디맑은 목소리를 통해서 톨스토이, 도스토예프스키, 헤르만 헤세, 헤밍웨이 그리고 헤아릴 수 없이 많은 한국의 단편 문학들을 만났습니다. 음악과 독서, 그 둘은 평생을 함께하는 나의 동반자가 되었지요.

내가 음악을 평생의 길로 선택하려 할 때 주위의 모든 사람들이 반대했습니다. 항상 첫발을 내딛는 사람, 남이 가보지 않은 길을 가는 사람은 그에 따르는 고통과 불안감을 이겨 내야 합니다. 대학 입학원서를 받아 주는 학교가 없어 어머니의 손을 붙잡고 눈 속을 헤매며 속울음을 삼켰던 그해 겨울을 잊을 수 없습니다.

너무나도 어렵게 아니, 꿈처럼 기적처럼 중앙대학교 음악대학에 입학했을 때, 그 기쁨을 어떤 말로 표현할 수 있을까요! 하고 싶은 것을 할 수 있게 되었다는 사실이 기쁘고 행복해, 한 시간이라도 더 연습하기 위해 새벽 4시에 일어나 찬물로 머리를 감고 지팡이에 의지해 집을 나섰습니다. 머리카락 사이를 칼질하던 매서운 바람이 지금도 생각납니다.

하지만 같은 장애를 가진 사람들과 줄곧 생활해 왔던 내가 대학을 다닌다는 것, 그러니까 공부하고 먹고 살아간다는 것은

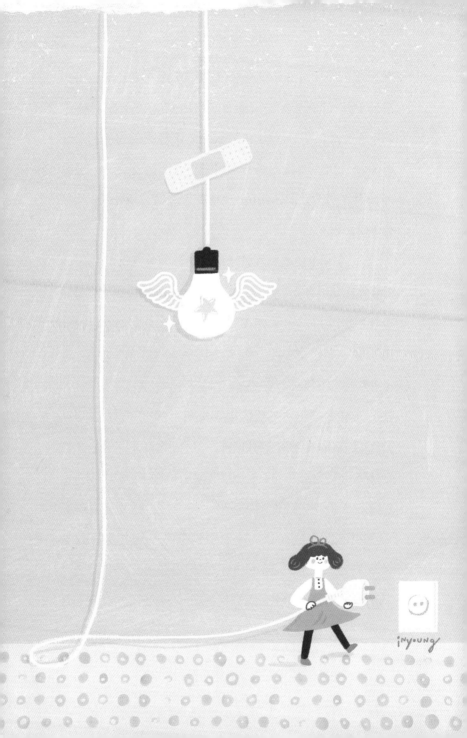

그 자체로 헤쳐 나가야 할 난관이었고, 참고 이겨 내야 할 아픈 현실이었습니다. 칠판 글자를 볼 수 없으니 강의가 끝난 뒤 친구들의 도움을 받아 혼자 따로 공부해야 했고, 도와줄 사람이 없을 땐 꼬박 이틀을 물만 마시며 굶었던 적도 있습니다. 그렇게 자신과 싸우며 하루하루를 보냈고, 4년 후 관현악과를 수석 졸업했습니다.

졸업 후 방황도 잠시, 1년 반의 준비를 거쳐 미국의 명문 음악대학인 피바디 음악대학으로 유학을 가게 되었습니다. 박사 학위를 받기까지 피바디에서 보냈던 6년은 보통 사람은 상상조차 할 수 없는 한숨과 고통, 외로움, 두려움, 그 무엇보다도 절망과의 쉼 없는 사투였습니다.

그리고 돌아와 내 자리를 찾았고, 나의 지난 이야기를 담담하게 할 수 있게 되었습니다. 나는 그것만으로도 희망을 좇는 술래가 되어 열심히 정진해 온 내 삶의 부끄럽지 않은 결과물이라고 생각합니다.

여러분 많이 힘들지요? 난 왜 이럴까? 공부도 잘 못하고, 얼굴도 못생기고, 부잣집에 태어난 것도 아니고, 키도 작고, 머리도 나쁘고…… 내 환경은 도대체 왜 이렇게 엉망일까. 그런 생

120

각 들지요? 화도 나고 답답하지요? 하지만 여러분에게는 무엇이든 해볼 수 있고, 실패하더라도 다시 일어설 수 있는 푸르디푸른 젊음이 있지 않나요?

힘을 내세요. 그리고 스스로에게 부끄럽지 않을 만한 열정으로 삶의 성실한 정원사가 되어 오직 한 번만 주어진 여러분의 생을 가꾸세요. 부디 희망을 좇아 끝까지 달리는 술래가 되세요. 좌우를 잘 살피며, 중심을 잃지 말고!

 이상재

클라리넷 연주자이자 나사렛대 관현악과 교수입니다. 시각 장애 1급이라는 중증 장애에도 불구하고 국내외 유명 오케스트라와의 80여 회 협연, 20여 회의 독주회, 300여 회의 실내악 연주회를 가졌습니다. 2007년에는 세계 유일의 민간 시각 장애인 오케스트라 '하트시각장애인체임버오케스트라'를 창단하여 음악감독으로 활동하고 있습니다.

두 개의
직선을 아니?

이의용

　실제로 있었던 일입니다. 울산시는 얼마 전 어느 도로 양쪽의 건물들을 철거했습니다. 이 건물들이 도로 선을 0.5미터 내지 2.5미터나 침범했기 때문입니다. 이렇게 된 것은 지적도가 잘못되어서라고 합니다. 지적도가 1천2백분의 1 축적으로 작성될 때, 1밀리미터 정도가 잘못 그어졌고, 실제 건축에서는 1천2백 배의 오차가 생긴 것이지요. 이로 인해 7개 동을 철거했고, 그 보상 비용이 20억 원을 넘었다고 합니다. 이 모두가 단 1밀리미터의 오차 때문에 생긴 일입니다.

그런데 얼마 전 나는 참으로 기가 막힌 일을 경험했습니다. 중학교 2학년생인 가까운 친척 아이가 학교 친구들로부터 집단 구타를 당한 것입니다. 그것도 산으로 끌려가서 20명으로부터, 더구나 모두가 여학생들이었습니다. 나는 학교로 찾아가 우리 아이를 때린 아이들을 만났습니다.

폭행에 직접 가담한 11명이 정학 처분을 받고, 별도로 정신교육을 받는 중이었습니다. 지도하는 선생님의 말씀을 들으니, 이 아이들 대부분이 남의 물건을 훔치거나, 서클을 만들어 친구들을 집단으로 때리고, 본드도 흡입했다고 했습니다. 그런데 이들 중 한쪽 부모님이 안 계시는 아이가 많다고 했습니다.

아이들은 내 눈치를 봤지만, 나는 측은한 마음이 들어 담담하게 아이들과 이런저런 얘기를 나누었습니다. 앞으로 3년 후에 어떤 사람이 되어 무엇을 하고 있을지를 먼저 물어봤습니다. 고등학생이 되어 있을 거라고 했습니다.

사실 지도 교사는 학업 성적으로 보아 이 아이들이 고등학교에 진학하기는 어려울 거라고 귀띔해 준 터였습니다. 5년 후에는 대학생이나 회사원이, 10년 후에는 결혼하여 주부가 되어 있을 거라고 했습니다. 그리고 그다음에는 아이의 엄마가 되어 있을 거라고 당연한 듯이, 그러나 희망을 가지고 말했습니다.

나는 종이 위에 한 점에서 시작한, 평행에 가까운 두 개의 직선을 그었습니다. 시간이 흐를수록 두 선의 사이가 벌어지고 있음을 알 수 있도록 말이지요.

"위의 직선은 고등학생이 되고, 대학생이나 회사원이 되고 결혼하여 엄마가 되는 인생의 바른 길이다. 그러나 아래 직선은 고등학교에 들어가지 못하고, 대학도 회사에도 들어가지 못하고, 결혼도 실패하는 인생의 잘못된 길이다. 시간이 지날수록 아래 직선에서 위의 직선으로 옮겨 오기가 어려워진다. 지금 바로 길을 바꾸어야 한다. 시간을 아껴라."

단 1밀리미터의 오차 때문에 7개 건물이 철거되고, 20억 원의 보상비가 들어간 이야기도 해주었습니다. 아이들은 매우 심각한 표정으로 나의 설명을 들어주었습니다. 그리고 자신의 미래에 대해 조금씩 관심을 갖는 것 같았습니다. 공부를 잘하라든가 나쁜 짓을 하지 말라는 얘기는 하지 않았습니다. 수없이 들었을 테니까요.

아이들의 손을 일일이 잡고 이름을 물으며 따뜻하게 격려해 주었습니다. 행복한 표정들이었습니다. 이런 아이들이 본드 흡

입을 하고, 돈을 훔치고, 친구를 산에 끌고 가 때렸다니 믿을 수 없었습니다. 학교와 사회, 가정이 힘을 합쳐 이 아이들을 바른 길로 인도해 줘야 할 텐데, 정작 가정 환경이 그렇지 못하다는 현실에 가슴이 답답해졌습니다.

매를 맞은 우리 아이는 그래도 이렇게 학교에 찾아와 줄 사람이라도 있는데……. 이 아이들에게 필요한 것은 사랑과 관심이라는 생각이 들어 정학을 풀어 달라고 학교 측에 부탁하면서 교문을 나섰습니다 1밀리미터의 오차가 초래할 엄청난 결과가 눈에 보이는 듯했습니다.

지금 여러분은 두 개의 직선 중 어느 직선 위에 있나요?

 이의용

이의용생활커뮤니케이션연구소 소장입니다. 쌍용그룹 홍보팀장으로 오랫동안 근무했던 그는 KT문화재단 본부장, 한국간행물윤리위원, CBS라디오 MC 등 다양한 외부 활동을 펼쳐 왔습니다. 또 30여 년간 커뮤니케이션, 교수법, 인생설계 등을 강의한 인기 강사이기도 합니다. 국민대 교양과정부 교수로 재직 중이며, 감사일기 쓰기의 효과를 주변에 열심히 전하고 있는 '감사일기 전도사'이기도 합니다.

극복할 수 없다면
돌아가도 돼

엄상익

1월의 혹독한 날씨만큼이나 잔인한 시험을 치고 중학교에 들어갔습니다. 당시는 중학교 입시가 있던 시절이었는데, 모자라는 능력에 숨이 찬 경쟁을 거친 나는 공부에 대해 극도의 반발감을 갖게 되었습니다. 수학 한 문제, 영어 한 단어는 내게 있어서 삶을 부식하는 곰팡이나 다름없었지요.

나는 철저히 공부와는 담 쌓기로 중학교 시절을 일관했습니다. 그 결과 나에게 주어진 성적표는 밑에서부터 시작해 아래에 서너 명 정도를 두었을 뿐이었습니다. 본교 출신은 무시험 전형이라는 행운의 제도 덕분에 간신히 고등학교에 진학했습니다. 그러나 치열한 고입 경쟁을 거친 친구들과 한 반으로 편성되고 보니, 실력의 격차는 이미 노력으로 따라잡기에는 늦은 상태였습니다.

교정의 낙엽이 노랗게 물들어 가던 고3 시절의 가을, 대입을 얼마 앞둔 교실은 전쟁 전야를 방불케 했습니다. 선생님들은 시험 백일 작전이라고 구호를 외치며 끊임없이 채찍질하며 우리를 몰아갔습니다. 모의고사를 치르고 나면 일등부터 꼴등까지 성적이 교실 뒤쪽의 게시판에 붙었습니다. 그때마다 나는 참담한 마음으로 아예 보지도 않고 교실을 빠져나갔습니다.

솔직히 뒤에서부터 세는 게 훨씬 빨랐던 나의 성적은 그나마 있던 자존심마저 갈기갈기 찢어 버렸습니다. 그것은 차라리 잔인한 고문이었습니다. 내가 지망하는 대학에 합격하는 것은 이미 환상에 불과하다고 느끼고 있었습니다. 점수 몇 점과 석차로 모든 것이 평가되는 교실에서, 어쩌다 대하는 담임 선생님의 나를 향한 시각은 열등한 점수 그 자체였습니다.

대학이 인생의 전부인 듯한 그 숨 막히는 분위기 속에서 나는 좌절하고 또 좌절했습니다. '과연 대학은 가야 하는가?' '수학 한 문제가 인생에 있어 그렇게 중요한 관건인가?' 공부 잘하는 친구들은 무지갯빛 앞날이 보장되는 데 비해 나의 앞날에는 암울한 회색의 공간만 남아 있는 것 같았습니다.

그러던 어느 날 아침 영어 시간이었습니다. 선생님이 프린트물의 영어 문장을 해석해 주는 중이었는데, 기억이 정확하다면 그것은 D. H. 로렌스가 쓴 《채털리 부인의 사랑》 중 극히 일부분이었습니다. 남자가 여자에게 사랑이라는 목표를 이루는 방법을 제시한 부분이었는데, 그 내용은 이러했습니다.

'목표에 도달하는 가운데 장애물이 있다면 이를 극복해야 합니다. 극복할 수 없다면 먼저 돌아갈 방법을 강구해야 합니다. 그것도 안 된다면 아무리 오랜 시간이 걸려도 극복하고 넘어가야 합니다.'

얼핏 보면 아무 뜻도 없는 이 문장에서 나에게 계시처럼 떠오른 것이 '돌아가라'는 말이었습니다.

그다음 날로 아무도 모르게 지망 대학의 수준을 한 단계 내렸습니다. 그리고 부모님도 속인 채 스스로 열등반으로 옮기겠다고 선생님에게 말했습니다. 반 친구들은 내게 "너 왜 돌반에 가니?" 하고 물었습니다. 그 한마디는 녹슨 칼로 내 가슴을 찌

르는 것같이 아팠지만, 모자라다는 것을 스스로 인정하고 지망대학의 좌표를 바꾸고 나니 차라리 속이 편했습니다.

못난 놈이 분수에 맞추어서 방향을 설정하는 게 당연하다는 생각이 들었던 것입니다. 잘나고 싶으니 힘이 들고 마음이 아팠던 것인데, 자신에 대한 점수를 스스로 낮추고 나니 그렇게 홀가분할 수가 없었습니다.

하향 지망한 대학은 수험과목 수가 훨씬 적었습니다. 같은 시간을 보다 적은 과목에 집중 투자할 수 있다는 경제적 계산이 나오는 것입니다. 남는 시간에는 내 수준에 맞는 아주 기초적인 참고서를 보며 하나하나 공부해 나갔습니다. 등 뒤로 친구들의 비웃음이 느껴질 때면 '나는 나, 너는 너'를 생각했습니다. 그리고 그해 겨울, 지망했던 대학에서 합격 통지를 받았습니다.

그런데 내 마음 한편에서 지난 시절의 좌절에 대한 보상을 받고 싶은 생각이 안개처럼 무럭무럭 자라났습니다. 과연 내가 점수만큼 못난 인간인가 스스로 재평가하고 싶은 마음이 치솟았습니다. 사법고시에 도전하기로 한 것입니다.

이번에는 아무리 늦어지더라도 장애물을 돌아가지 않고 극복하기로 굳게 결심했습니다. 아예 의도적으로 독일어를 제2외국어로 선택하고 영어를 방기함으로써, 취직 시험에 대한 유혹을 원천적으로 봉쇄했지요. 그러나 역시 모자라는 능력 탓에 시험에 떨어지고 또 떨어지는 운명을 받아들여야만 했습니다.

고시를 포기해야 하나 고민하던 어느 날 책상 앞에 열린 창을 보니 새벽 별이 몇 개 반짝이고 있었습니다. 그때 처음으로 기도라는 것을 했습니다.

'하나님, 그동안 능력 없는 제가 주제를 모르고 착각했습니다. 이제는 지쳐서 더 이상 고시를 못 보겠습니다. 열등감을 고쳐 볼 양으로 시작했던 것이 잘못하면 더 평생 병이 되게 생겼습니다. 단 한 번만 붙여 주시면 내년부터는 연탄 수레를 끌더라도 나머지 인생을 편안히 살 것입니다. 단 한 번만이요. 네? 그러면 교회도 열심히 나가겠습니다.'

그해 여름 나는 사법고시에 합격했습니다. 그것도 내가 평생 받은 성적표 중에 가장 우수한 성적으로 말입니다. 그리고 지금 나는 그렇게 공부하기 싫었던 《수학의 정석》을 공부하는 딸아이의 아버지가 되었고, 아내는 애가 공부를 안 한다고 닦달 중입니다. 나는 지난여름 딸아이에게 백여 권짜리 문학전집을 사주었습니다. 물고기 한 마리를 잡아서 주기보다는 인생을 잡아낼 그물을 만들어 주고 싶은 마음에서였습니다.

삶을 것같이 뜨거웠던 어느 날 밤, 나는 조용히 딸애가 자는 방으로 가보았습니다. 불을 켜놓고 잠들어 있는 딸의 머리맡에는 모파상의 《여자의 일생》이 반쯤 접힌 채 놓여 있었습니다. 나는 잠들어 있는 딸에게 이렇게 속삭이고 싶었습니다. 인생은 잠시 쓰러지더라도 곧 일어나 남과 비교하지 말고 그저 자기의 길을 묵묵히, 성실히 걸어가는 과정일 뿐이라고.

 엄상익

변호사입니다. 변호사 일을 시작하면서 한 가지 기도를 드렸는데, 그것은 영화 〈빠삐용〉에 나오는 주인공같이 고립무원의 상태에서 절규하는 사람을 다섯 명만 변호하게 해달라는 것이었다고 합니다. 탈북자 한영숙, 대도 조세형, 탈주범 신창원 등의 무료변론을 맡은 바 있으며, 법조계를 소재로 한 팩션(faction, 사실과 허구를 넘나드는 소설의 한 장르) 작가로도 활동하고 있습니다.

내가 인정하지 않는 한
아무도 날
열등하게 만들 수 없다

민성원

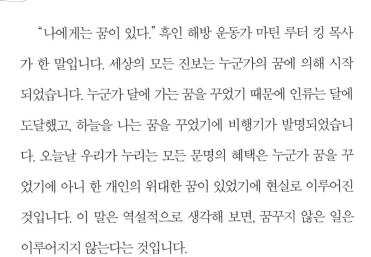

"나에게는 꿈이 있다." 흑인 해방 운동가 마틴 루터 킹 목사가 한 말입니다. 세상의 모든 진보는 누군가의 꿈에 의해 시작되었습니다. 누군가 달에 가는 꿈을 꾸었기 때문에 인류는 달에 도달했고, 하늘을 나는 꿈을 꾸었기에 비행기가 발명되었습니다. 오늘날 우리가 누리는 모든 문명의 혜택은 누군가 꿈을 꾸었기에 아니 한 개인의 위대한 꿈이 있었기에 현실로 이루어진 것입니다. 이 말은 역설적으로 생각해 보면, 꿈꾸지 않은 일은 이루어지지 않는다는 것입니다.

공부도 마찬가지입니다. 공부를 잘하겠다는 마음이 있고, 그래서 명문대를 가고 싶은 꿈이 있는 사람이라면 누구든지 명문대에 갈 수 있습니다. '공부는 왜 해야 하는가?' 이 질문에 명확한 자기만의 이유를 댈 수 있어야 합니다. 그래야 그것을 이루기 위해 스스로 공부할 수 있고, 현실로 이룰 수 있습니다.

그런데 우리는 많은 경우 목표를 꿈이나 희망과 혼동합니다. 목표는 마감 시간과 행동 계획이 수반된 꿈(욕망)이며, 단순한 희망이 아닌 간절한 열망입니다. 다시 말해서 꿈을 달성하기 위한 마감 시간이 설정되었을 때 우리는 그것을 목표라고 합니다.

스포츠 마케팅의 선구자이자 세계적인 매니지먼트 그룹인 IMG의 설립자 마크 매코맥은 하버드대 학생들을 대상으로 '명확한 장래 목표를 설정하고 기록한 다음 그것을 성취하기 위한 계획을 세웠는가?'라는 내용의 설문 조사를 했습니다. 그런데 졸업생의 3퍼센트만이 뚜렷한 목표와 계획을 세우고 그것을 종이에 쓴 것으로 밝혀졌습니다. 그리고 10년 후 마크 교수의 연구진이 당시 졸업생을 대상으로 다시 인터뷰를 실시한 결과, 놀랍게도 그 3퍼센트의 졸업생들은 나머지 97퍼센트보다 평균적으로 10배 이상의 수입을 올리고 있었습니다.

inyoung

지금까지 한 번도 서울대생이 태어난 적은 없습니다. 대통령이 죽었다는 것은 신문에 기사로 나지만, 오늘 대통령이 태어났다는 기사를 본 적은 없을 것입니다. 마찬가지로 서울대 학생이 태어난 적은 없는 것입니다. 명문대에 가겠다는 목표와 꿈이 있는 사람이 그에 걸맞는 행동을 했을 때 명문대에 갈 수 있는 것입니다. 지금 여러분이 막연하지만 목표를 정하고 그에 맞는 계획을 세우고 있는 상태라면, 다른 사람에 비해 목표를 달성할 가능성은 두 배 이상 높다고 할 수 있습니다.

중요한 것은 '할 수 있다'는 자신감입니다. 사람의 유전자는 99.7퍼센트가 같다고 합니다. 결국 사람의 능력은 백지장 한 장 차이도 안 될 정도로 서로 비슷하다는 것입니다. 그런데도 우리는 다른 사람의 능력을 과대평가하고 자신을 과소평가하는 겸손함(?) 때문에 괴로워하고 있습니다. 자신의 능력을 낮게 평가하고 그것에 맞는 행동을 함으로써 내가 가진 가능성의 한계를 스스로 정하는 것입니다.

IQ 180 이상인 집안의 자녀나 돈이 많고 환경이 좋은 사람만 명문대에 들어간다면, 이런 조건을 갖추지 못한 학생은 애써 공부하려고 노력할 필요가 없겠지요. 하지만 서울대 졸업생의 통계만 보아도 부모의 IQ가 180 이상이거나 부모 중 한 명이라도 서울대를 졸업한 경우는 많지 않습니다. 공부에 있어서만큼은 타고난 재능이나 환경이 중요하지 않다는 것입니다.

또 대학 입시에 출제되는 문제 가운데 IQ 얼마 이상의 학생들만 풀 수 있는 천재성을 요구하는 문제는 없습니다. 누구나 원리를 파악하고 공부를 한다면 충분히 좋은 성적을 받을 수 있을 것입니다.

내가 말하고 싶은 것은 자신의 능력을 과소평가하여 시도해 보지도 않고 포기하는 일은 절대로 없어야 한다는 것입니다. 루스벨트 대통령은 이렇게 말했습니다.

'내가 인정하지 않는 한 누구도 나를 열등하게 만들 수 없다.'

 민성원

학생과 학부모들을 대상으로 성공적인 공부법을 알려 주는 공부 전략 컨설턴트입니다. 민성원연구소 소장이며, 《민성원의 공부원리》, 《학교가 알려주지 않는 세상의 진실》, 《민성원의 엄마는 전략가》, 《엄마라서 실수한다》 등의 책을 썼습니다. 그는 말합니다. "자기가 원하는 걸 구체적으로 정해서 방에다 붙여 놓으세요. 그래야 공부할 마음이 생깁니다."

너는 큰일을 할
사람이야

서진규

미군 소령 예편, 하버드 대학의 석·박사……. 이런 내 명함을 본 사람들은 미국의 중류층 가정에서 큰 어려움 없이 자라난 선택받은 사람으로 나를 생각할지도 모르겠습니다. 하지만 내가 태어난 환경은 열악하다 못해 가장 밑바닥이었습니다.

나는 경남 동래(지금은 부산광역시 기장군) 인근의 월래라는 한 작은 어촌에서 태어났습니다. 제천에서 중학교를 마친 나는 고등학교만큼은 죽어도 서울로 가겠다는 단식 투쟁 끝에 서울의 작은아버지 댁에서 풍문여고를 졸업했지요. 그러나 대학은 꿈도 못 꿀 형편이었고, 고등학교 졸업 후 나에게 열린 길은 동대문의 가발공장 여직공 자리였습니다.

어린 시절 나는 시골 술장사 집 딸이라는 사실에 꽤나 열등감을 가지고 있었습니다. 밑바닥 출신이라는 의식이 있었지요. 그런데 5학년 때 담임 선생님은 보잘것없는 계집애라고 생각할 뻔했던 나를 다시 보게 해주셨습니다.

"우리 진규는 언젠가 크게 될 사람이에요. 내가 장담합니다."

선생님의 이 말씀이 없었다면 나는 정말 하찮은 삶을 살았을지도 모릅니다. 희망이란 그런 것입니다.

세상에서 가장 나쁜 것은 희망 없이 사는 것입니다. 그날 선생님의 한마디 예언은 늘 "쓸데없는 가시나"라는 말을 들으며 희망을 저버릴 수 있었던 한 소녀 앞에 켜진 희망의 등불이었습니다. 그 등불은 나로 하여금 희망의 증거가 되고 싶다는 꿈을 갖게 해주었습니다.

무엇보다 나 자신을 믿게 되었습니다. 구체적인 무언가를 꿈꾸기에 내가 처한 상황은 너무나 열악했지만, 나는 사회로부터 인정받는 자리에 오르고 싶었습니다. 그래서 여자도, 가난하고 배경 없는 밑바닥 출신도 꿈을 갖고 도전하면 반드시 이룰 수 있다는 것을 증명하고 싶었습니다. 나를, 아니 무수한 약자들을 괴롭히는 차별과 폐단에 맞서 보란 듯이 일어서고 싶었습니다.

나는 식모가 되기 위해 단돈 백 달러를 들고 미국으로 건너갔습니다. 그곳에 가면 희망이 있을 것 같았습니다. 웨이트리스로 일하면서 대학을 다니던 중, 한국에서 갓 건너온 합기도 선수와 사랑에 빠져 결혼했습니다. 1976년 나는 폭력적인 남편으로부터 자신을 지켜 내기 위해 8개월 된 딸아이를 한국의 친정으로 보내고 일등병으로 미군에 입대했습니다.

20년 동안 군 생활을 하며 인종, 성별, 나이의 차별 없이 무엇이든 할 수 있는 기회를 얻었고, 미국, 한국, 일본, 독일 등지에서 근무하다 1996년 소령으로 예편했습니다. 그리고 여섯 개의 대학을 거쳐 14년 만에 대학 졸업장을 받은 후 1990년 하버드의 석사과정에 도전했습니다.

죽을 각오를 하고 하버드에 들어섰지만 하버드의 벽은 역시 높았습니다. 늘 벅찼고 바빴습니다. 영어가 모국어가 아닌 내게 그들과의 경쟁은 애초부터 버거운 일이었습니다. 하루 24시간이 부족했고, 공부 이외에는 아무것도 할 수 없었습니다. 'A-'

평점을 받으며 겨우 석사과정을 마친 나는 더 높은 벽, 하버드의 박사과정에 도전했습니다. 그렇게 16년이라는 긴 세월을 버틴 나는 자랑스러운 '서진규 박사'로 거듭났습니다.

시련과 고통이 내 앞을 가로막을 때마다 나는 '큰일을 할 사람'이라고 스스로를 부추기며 앞으로 나아갔습니다. 현실이 내가 기대했던 것과 동떨어졌을 때, 나는 그 현실을 완강하게 거부했습니다. 그리고 포기하지 않고 현실과 맞서 싸웠습니다. 내 의지와 노력, 그리고 자신에 대한 믿음으로 '진정한' 운명의 길을 개척했습니다.

아무리 열악한 환경에서도 희망을 갖기를 포기하지 않았습니다. 죽을 각오로 달려들었더니 내 앞을 가로막았던 벽들이 희망으로 안내하는 문이 되고, 높이 솟을 수 있는 날개가 되어 주었습니다. 자기 자신을 믿는 힘은 어떠한 절망과 좌절의 순간에도 스스로를 저버리지 않는 근거가 됩니다.

지금도 나는 무슨 일에 도전하기에 앞서 항상 세 가지 리스트를 작성합니다.

첫째, 이 목표를 달성하기 위해 나에게 꼭 필요한 것은 무엇인가?

둘째, 나는 이미 무엇을 이루어 놓았는가?

셋째, 지금부터 나는 무엇을 준비해야 하는가?

이 세 가지에 답할 수 있다면, 현재의 나를 정확히 파악하고 있는 것입니다. 희망에 도전하려는 나를 알고 있다면 이미 그 희망의 절반은 이룬 셈입니다. 그런 후에는 '죽을 각오'로 돌진하십시오. 나를 파악하고 장악하는 것, 이것이야말로 희망의 성취 여부를 결정하는 최대의 관건입니다.

 서진규

희망연구소 소장입니다. 가발공장 직공에서 하버드 박사가 된 그는 '희망의 증거'라 불립니다. 1999년 첫 책 《나는 희망의 증거가 되고 싶다》를 내고 시작한 강연이 2,200회를 넘었고, 그가 펴낸 희망에 대한 책들은 50만 독자의 호응을 얻었습니다. 지금 이 순간도 한국과 세계를 오가며 동기 부여 연사(Motivational Speaker)로 많은 이들에게 희망의 메시지를 전하고 있습니다.

간절히 꿈꾸고
뜨겁게 도전하라

이길여

　내 고향은 전라북도 옥구군(현 군산시) 대야면입니다. 내가
초등학교에 다닐 때 우리나라는 일본의 식민 지배를 받고 있었
습니다. 내 고향 옥구와 인근 김제는 곡창 지대로 일제의 수탈
이 특히 심했던 곳입니다. 소나무 껍질이나, 칡뿌리, 들나물 등
으로 연명하기 일쑤였고, 먹을 것이 없어 굶어 죽는 사람도 있
었습니다.

　이렇게 영양 상태가 열악한 상황에서 마을에 전염병이라도
돌면 많은 사람들이 속수무책으로 죽어 나갔습니다. 태어나서

처음 사귄 절친한 소꿉친구도 전염병으로 잃었고, 사랑하는 아버지는 가벼운 병이었는데도 치료를 제대로 받지 못해 35세라는 젊은 나이에 돌아가셨습니다.

거기다가 일제는 우리 민족의 정신을 말살하기 위해 한국어를 쓰지 못하도록 했습니다. 한국 이름을 고집하면 학교에 입학할 수 없었습니다. 그래서 지금도 초등학교 친구들을 만나면 일본 이름이 더 익숙합니다. 이처럼 나의 어린 시절은 온 민족이 고통받던 시절이었습니다.

그렇게 고통받던 시절이었지만 나는 학교에서 배울 때가 가장 행복했습니다. 내가 다녔던 대야초등학교는 집에서 4킬로미터가량 떨어져 있었습니다. 지하철 서너 정거장 거리쯤 됩니다. 비가 오나 눈이 오나 책 보따리를 등에 묶고 학교까지 걸어 다녔습니다. 힘들다는 말도 해본 적이 없습니다. 그랬다가 혹여나 학교 다니지 말라는 말을 들을까 봐요.

초등학교를 마치고 중학교(당시는 중학 3년과 고교 3년을 합쳐서 6년제)에 갈 때 그토록 두려워했던 그 말을 할머니와 친지들 입을 통해 듣고 말았습니다.

"여자가 많이 배우면 못쓴다. 초등학교면 충분하다."

당시는 여자가 초등학교를 다니기도 힘들었던 시절이었습니다. 그러나 그때 나는 벌써 중학교가 아니라 대학교, 그것도 의대에 가고 싶다는 꿈을 지니고 있었습니다. 학교에 가지 말라는 말에 하늘이 무너져 내리는 것 같았고, 밥도 먹을 수가 없었습니다. 며칠을 굶었습니다.

그때 어머니가 내 편이 되어 주었습니다. 두부 장사를 해서라도 나를 학교에 보내고 말겠다고 했습니다. 어머니가 할머니께 대드는 모습을 본 것은 그때가 처음이었습니다. 마침내 할머니도 자신의 뜻을 거둬들이셨지요.

중학교 진학도 힘들었지만, 학교를 오가는 것은 더 힘들었습니다. 집에서 3킬로미터를 걸어 기차역으로 간 뒤 이리(지금의 익산)으로 가는 기차를 타야 했습니다. 기차는 하루에 두 번만 운행했는데, 돌아오는 기차가 유난히 불규칙했습니다. 두세 시간씩 늦게 오는 경우가 흔했고, 어떤 날은 밤 12시가 넘도록 오지 않았습니다.

그러면 무려 세 시간을 칠흑같이 어두운 밤길을 걸어와야 했습니다. 무서운 생각을 떨치려고 그날 학교에서 배운 내용을 큰 소리로 외우면서 걸었던 기억이 납니다. 동네 어귀에 도착하면 어머니가 나를 반갑게 맞아 주셨습니다.

고등학교를 졸업할 즈음엔 한국 전쟁이 터졌습니다. 북한 인민군이 우리 동네를 점령했고, 이루 말할 수 없을 정도로 사회적 혼란이 심했습니다. 그럴수록 나는 더 열심히 공부했습니다. 학교에 가지 못하는 날에는 집 뒷산에 있는 방공호에 들어가 촛불을 켜놓고 혼자 공부했습니다. 의사가 되겠다는 강렬한 꿈이 있었기 때문입니다.

의사가 되려 했던 것은, 요즘 사람들이 흔히 생각하듯 의사가 '돈 잘 버는 직업'이었기 때문은 아닙니다. 어린 시절에 잃었던 친한 친구와 사랑하는 아버지가 나의 마음에 한(恨)이 되었던 것입니다. 또한 여자라 전장에 나갈 수는 없었지만 6·25 전쟁 중 나라를 지키다 목숨을 잃은 내 또래 남학생들의 몫까지 살아야 하겠다는 각오가 있었기 때문입니다.

어찌나 일이 많은지 몸이 여러 개가 되어도 모자랄 정도였습니다. 하루에 서너 시간 밖에 못 자고 진료했지만 정성껏 환자를 대했습니다. 차가운 기운에 임산부와 태아가 놀랄까 봐, 항상 청진기를 가슴에 품었다가 환자의 몸에 대곤 했습니다.

의대를 졸업하고 수련의 과정을 거친 뒤 1958년 인천에 조그마한 산부인과 의원을 열었습니다. 병원을 열고 맨 먼저 한 일은 의사가 없는 인천 인근 섬마을을 돌아다니며 무료진료 봉사활동을 한 것이었습니다.

1960년대 후반에는 '보증금 없는 병원'이라고 쓴 팻말을 병원 밖에 부착했습니다. 의료보험이 없던 당시에는 환자들이 입원 치료를 받으려면 보증금을 병원에 미리 맡겨야 했는데, 그 돈을 마련하지 못해 치료조차 못 받는 일을 자주 보았기 때문입니다. 휴전선 근처 병원이 없어 어려움을 겪던 백령도와 강원도 철원, 양평에 병원을 짓기도 했습니다.

병원을 운영하면서도 어떻게 하면 환자들을 더 잘 고치고 덜 아프게 할 수 있을까 항상 고민했습니다. 그래서 서른두 살의 나이에 미국 유학을 갔고, 마흔셋에 일본 유학을 갔습니다. 나이 들어 시작한 본격적인 의학 공부는 참으로 힘들었습니다. 그러나 힘들게 배운 선진 의술은 의사로서 나의 능력을 튼튼히 하는 데 밑거름이 됐습니다.

가끔 옛일을 생각해 봅니다. 학교 가기가 힘들다거나 전쟁 핑계를 대며 공부를 소홀히 하고, 친구와 아버지의 죽음에서 진한 슬픔을 느끼지 못했다면 과연 의사가 될 수 있었을까 하고 말입니다. 뒤돌아 보면, '의사가 되겠다'는 어린 시절의 꿈이 간절했기에 수많은 시련도 극복할 수 있었던 것 같습니다.

사람들은 저마다 꿈이 있습니다. 그러나 꿈을 현실로 이루는 사람은 많지 않습니다. 이유는 간단합니다. 그 꿈을 절실히 원하지 않거나, 자신이 그 꿈을 이룰 자신이 없다고 믿어 버리기 때문입니다. 그렇게 마음을 먹어 버리면, 자신의 꿈과 현실의 간격은 더욱 멀어지고 맙니다. 중요한 것은 어떤 좌절에도 굴복하지 않겠다는 굳건한 마음가짐입니다.

나는 젊은이들을 만날 때마다 "간절히 꿈꾸고 뜨겁게 도전하라"고 말하곤 합니다. 지금 이렇게 살더라도 가슴에 뜨거운 열정과 꿈을 간직하고, 끊임없이 노력한다면 언젠가는 꼭 꿈을 실현하게 될 것입니다.

 이길여

가천대 총장입니다. 서울대 의과대학 졸업 후 메리 이머큘리트 병원과 퀸스 종합병원에서 수련의 과정을 마쳤고, 일본대학교 의학부에서 의학박사 학위를 취득하였습니다. 1958년 인천에 산부인과(자성의원)을 개원하였고, 1978년 길의료재단을 설립하였습니다. 올해로 56주년을 맞은 가천길재단은 의료와 교육, 언론, 문화, 복지를 아우르는 종합공익재단으로 발돋움했습니다. 그간의 공헌을 인정받아 국민훈장 목련장, 무궁화장, 과학기술훈장 창조장을 받았으며 지난 10월에는 인촌상을 수상했습니다.

아무도 거들떠보지 않는
그 길이 바로 블루오션

홍성훈

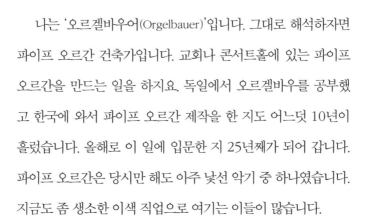

나는 '오르겔바우어(Orgelbauer)'입니다. 그대로 해석하자면 파이프 오르간 건축가입니다. 교회나 콘서트홀에 있는 파이프 오르간을 만드는 일을 하지요. 독일에서 오르겔바우를 공부했고 한국에 와서 파이프 오르간 제작을 한 지도 어느덧 10년이 흘렀습니다. 올해로 이 일에 입문한 지 25년째가 되어 갑니다. 파이프 오르간은 당시만 해도 아주 낯선 악기 중 하나였습니다. 지금도 좀 생소한 이색 직업으로 여기는 이들이 많습니다.

처음 이러한 세계가 있다는 것을 알게 된 것은 중학교 1학년 때였습니다. 어느 날 교회에 갔다가 미국인 두 명이 하루 종일 열심히 나무를 자르고 은색의 깡통을 세우는 모습을 보았습니다. 무슨 작업을 하는지는 알지 못했지만 무척이나 인상적인 기억으로 남았고, 그것이 내가 파이프 오르간과 맺었던 짧은 인연이었습니다.

나는 공부에는 젬병이었습니다. 중학교에 들어가서도 별로 공부에는 흥미가 없었습니다. 무엇을 배우면 쉽게 터득하지 못해 아버지가 '형광등'이라는 별명을 붙여 주었을 정도입니다. 컴퓨터 게임이 없던 시절이라 그저 밖으로 나다니며 친구들과 노는 것이 전부였지만 공부보다는 훨씬 좋았습니다. 그러다 보니 늘 숙제는 뒷전이었고, 성적도 거의 꼴찌를 맴돌았지요.

고등학교에 가서도 마찬가지였습니다. 학년이 올라갈수록 은근히 걱정이 되어 공부하려고 책을 펴기는 했지만, 왜 그리 모든 것이 어렵게만 보이는지…… 선생님이 하는 수업 내용을 전혀 이해할 수 없는 지경이 되자 불안해 어쩔 줄을 모르는 한편, 학교에 대한 흥미는 점점 사라지기 시작했습니다.

나의 방황은 그때부터 시작된 것 같습니다. 사회에 나와 보니 그 영향은 정말 컸습니다. 좋은 학교를 졸업해도 취직하기가 어려운데, 내 알량한 실력으로는 어느 회사에도 입사 원서를 낼 수 없었습니다. 그래서 나를 받아 주는 곳이면 어디든 들어가 일한 것이 호텔 보이, 레크리에이션 보조, 식당 보조 등이었습니다. 부모님은 당신들의 기대에 부응하기는커녕 바닥에서 헤매는 듯한 아들의 모습에 걱정과 실망으로, 늘 한숨으로 밤을 지새웠지요.

미래에 대한 꿈도 없이 모든 것이 불확실하고 막막하던 시절, 우연히 독일 유학을 떠나게 되었습니다. 그리고 뜻하지 않게 오르겔바우를 할 수 있는 길이 열렸습니다. 나는 하는 일마다 쉽게 싫증을 내기는 했지만, 내 손으로 뭔가 만드는 것에 관심과 흥미를 가지고 있었습니다.

조금 늦기는 했지만 나의 적성에 맞는 '도제'라는 새로운 세계에 입문하게 된 것입니다. 그렇게 독일 땅에서 청년 시절을 다 보내고, 나는 13년 만에 오르겔바우 마이스터가 되었습니다. 그러면서 내가 깨달은 것은 모두가 똑같은 달란트(재능)을 갖고 태어나는 것은 아니라는 것입니다.

각자 나름의 길이 있습니다. 독일 말에 베루펜(Berufen)이라는 말이 있는데, 우리말로 번역하면 '직업'이라는 뜻입니다. 그런데 그 속뜻을 들여다보면 좀 더 철학적입니다. '하늘로부터 받은 소명' 이것이 본뜻입니다. 모든 사람은 일을 하면서 보람과 희망, 기쁨을 얻으며, 그것을 위해 필요한 지식을 쌓기 위한 공부를 하게 되는 것입니다.

문제는 나만이 가지고 있는 달란트는 뒤로하고 눈에 보이는 풍요로움과 명예만을 좇느라 머리 싸매고 귀한 시간을 허비한다는 것입니다. 내 길이 아닌데도 너무나 많은 이들이 그 길을 가기 위해 정진합니다. 그로 인한 시간적, 경제적 비용은 차치하고라노 훗날 그 직업을 가졌을 때 '하늘로부터 받은 소명'이 아니면 결코 행복하지 않음을 알지 못합니다. 모두가 판사나 의사가 될 수 없고, 모두가 안정적인 직업이라고 학교 교사나 공무원이 될 수는 없습니다.

내가 택한 길, 장인이 되기 위해서는 '인내'와 '의지'가 요구됩니다. 고통스러운 과정이지만, 고뇌가 큰 만큼 더 큰 기쁨과 희망을 가져다준다는 것을 도제를 하며 알게 되었습니다. 한국에서 작업하면서 여러 청년들이 이 직업에 매력을 갖고 문하생으로 들어오곤 합니다. 하지만 대개 1~3개월이면 떠납니다. 오르겔바우는 매력이 많지만 막상 시작해 보면 생각했던 것보다 배워야 하는 시간이 깁니다. 순조롭게 진행되지 않는 것에 조급함을 느끼는 탓일 것입니다.

하지만 가장 빠른 시간 안에 가장 좋은 것을 얻을 수 있는 일은 세상에 아무것도 없습니다. 좋은 연주자는 수없이 연습해 연주 기량을 닦아야만 무대에서 제 빛을 발할 수 있고, 멋진 야구 선수는 피눈물 나는 훈련만이 그 모습을 보장합니다. 인생에는 공짜가 없습니다. 아무도 밟은 흔적이 없는 길을 간다는 것은 모험이요, 두려움입니다. 낫을 들어 잡초를 베고 길을 내야 하는 땀과 수고가 반드시 필요합니다.

하고 싶은 일이 힘들고 고통스러운 일인가요? 남이 거들떠보지 않는 일인가요? 그렇다면 그 길이 '블루오션'으로 가는 첩경입니다.

 홍성훈

한국인 최초의 파이프 오르간 제작 마이스터입니다. 한국에서 뮤지컬 배우를 하다 1986년 독일로 훌쩍 떠났습니다. 음악을 배우려고 떠난 유학이었으나 파이프 오르간에 매료되어 제작법을 배우기 시작했습니다. 1997년 두 차례 도전 끝에 한국 국적을 가진 사람으로는 처음으로 오르겔바우 마이스터 국가자격을 획득했고, 한국에 돌아와 지금까지 총 17대의 파이프 오르간을 만들었습니다.

무엇을 선택하고
무엇을 포기할까

김형모

자신의 꿈을 이야기하면서도 도무지 책상 앞에 오래 앉아
있지 못한다는 십대에게 이 글을 보냅니다.

꿈은 아름답고 귀한 것이나 그것을 위해 행동하지 않는 꿈
은 그저 꿈입니다. 간절한 꿈만으로는 부족합니다. 꿈이 있습니
까? 그렇다면 그 꿈을 이루기 위해서 자신을 훈련해야 합니다.
만사는 훈련입니다.

민간인이 군인이 되기 위해서는 땀과 눈물이 뒤범벅된 신병
훈련소를 거쳐야 합니다. 훈련소를 거치지 않고는 절대 군인이

될 수 없습니다.

신병 훈련소에선 부잣집 아들도 유식한 이도 나이 많은 것도 상관없이 다 선임자를 섬기고 따르는 훈련을 받습니다. 인생 밑바닥부터 기는 훈련을 받습니다. 신병 훈련소에서는 나를 주장할 수 없습니다. 나는 훈련받는 졸병이고 아무것도 아님을 아는 겸손을 배우는 것이 첫째 갖추어야 할 군인 되는 자세입니다.

십대는 꿈이 무엇이든 나의 부족함을 아는 겸손이 먼저 필요합니다. 이것이 얼마나 힘든지 모릅니다. 십대는 꿈만 가지고 그것이 오늘 나의 현실인 양 착각 속에 빠지기 쉽습니다. 모든 것을 보고 배우고 노력해야 하는 사람임을 인정하는 겸손이 꼭 필요합니다.

두 번째 훈련은 자기 통제입니다. 꿈을 이루고도 싶고, 동시에 놀고도 싶고, TV를 보고도 싶고, 먹고도 싶고, 자고도 싶고, 운동도 하고 음악도 듣고 춤도 추고 싶어 합니다. 하고 싶은 것이 너무 많고, 가고 싶은 곳이 너무 많은 것이 십대입니다.

오늘 내 마음과 몸이 원하는 것을 먼저 충족시킨 후에 꿈을 이루겠다면 성공은 기대할 수 없습니다. 나의 감정과 몸을 훈련

시켜야 합니다.

왜 많은 이들이 꿈을 이루지 못합니까? 자기의 감정을 억제하거나 몸을 훈련시키지 못하고 감각이 원하는 대로 따라가기 때문입니다. 사실, 책상에 앉아서 수학을 공부하는 것보다는 누워 자는 것이 편하고 쉬운 일입니다.

꿈을 이루길 원하십니까? 나 자신의 욕망과 부단히 싸워야 합니다. 그것이 성공으로 가는 길입니다. 절제하세요. 무엇을 절제해야 하는지는 자기 자신이 제일 잘 압니다.

본능적인 욕구일수록 절제하는 훈련이 없으면 나를 가장 쉽게 타락시키는 요인이 됩니다. 성공하지 못한 이유는 부모나 사회에 있는 게 아니라 나 자신과의 싸움에서 실패했기 때문입니다.

더불어 현실적인 어려움 때문에 꿈을 버리지 않는 끈기와 용기가 필요합니다. 현실은 여러분의 꿈이 성취되는 것을 막기 위해 많은 장애물을 설치해 놓았습니다. 가난, 건강, 학벌, 외모, 배경…… 어느 것도 내세울 것이 없습니다. 나의 현실이 꿈을 이루기에는 너무 나쁘다고 생각된다면 헬렌 켈러 여사와 여러분의 현실을 비교해 보기 바랍니다.

그녀는 듣지도 보지도 말하지도 못했지만 신체와 환경 앞에 현실을 탓하지도, 꿈을 버리지도 않고 그 역경과 불행이 자신의 꿈을 삼켜 버리지 못하도록 장애물을 뛰어넘었습니다. 그녀도 우리와 똑같은 인간입니다. 그녀보다 못한 환경을 가진 십대는 없습니다.

내 앞에 장애물이 있다고 너무도 성급하게 꿈을 버리고 있지는 않나요? 장애물 경기에서 장애물을 설치하는 것은 멋지게 뛰어넘으라는 뜻이지 장애물 앞에서 멈추고 돌아서서 경기를 포기하라는 뜻이 아닙니다.

마지막으로 나는 꿈을 위해서 무엇을 선택하고 포기할 준비가 되었는지 물어보기 바랍니다. 게임을 선택하는 사람은 단지 게임만 선택한 것이 아니라 그 시간에 공부하는 기회를 포기하는 선택까지 같이 하는 것입니다.

불평을 선택할 때 우리는 감사를 포기하는 것입니다. 꿈을 선택하기 위해 여러분은 무엇을 포기할 준비가 되었나요?

이 쪽지를 받는 십대여! 나의 꿈과 반대되는 어떤 일이 오늘 일어나고 있다고 해도 원망이나 포기, 좌절, 반항은 하지 맙시다. 그 장애물이 오히려 나를 가장 나다운 모습으로 조각해 가는 연장이 되도록 해야 합니다.

그 힘이 여러분 안에 숨어 있습니다.

 김형모
....
〈십대들의 쪽지〉 창간인이자 전 발행인입니다. 1984년부터 사재를 털어 매월 〈십대들의 쪽지〉를 발행해, 무료로 전국 중·고교와 청소년 단체에 배부했습니다. 딸의 이름을 '쪽지'라고 지을 정도로 〈십대들의 쪽지〉를 사랑했던 그는 2008년 12월 16일 급성췌장염으로 세상을 떠났습니다.

너는 너인걸

무엇이 너를
끌고 가니?

문단열

난 여러분보다 나이가 좀 많은, 영어를 가르치는 직업을 가진 사람이야. 나이가 좀 많아도, 세상 경험이 좀 많아도, 성별이 달라도, 성장 과정이 달라도, 그리고 교양 있는 얼굴을 하고 있어도 사실 사람들은 별로 다르지 않아. 그래서 그냥 형, 오빠 된 입장에서 편한 말로 할게. 기분 나쁘지 않지?

세상에는 두 가지 부류의 사람이 있어. 그냥 본능이 시키는 대로 끌려가는 사람, 그리고 좀 더 지혜로운 삶을 사는 사람이야. 도대체 뭐가 본능이고 뭐가 지혜일까? 솔직히 얘기하면 나는 인생의 많은 부분을 본능에만 이끌려 살았어. 나를 '본능적으로' 이끌었던 녀석들은 다음 세 가지야. 속도, 성취 그리고 쾌락.

'속도' 얘기부터 해볼까? 중학교, 고등학교, 그다음 대학교까지 나는 친구들을 앞지르기 위해 전력을 다했어. 남들이 3과하면 13과까지 진도가 나가야 하고, 남들이 1년 앞서 공부하면 나는 어른들 책을 읽어야 한다고 생각했어. 취직도 빨리 하고, 승진도 빨리 하려고 안간힘을 썼지. 그런데 앞서 가면 앞서는 대로 점점 불안해졌고, 뒤처질 땐 정말 죽어 버리고 싶었지. 속도에 매여 사니까 마음의 평화가 없었어.

그다음은 '성취'야. 어떻게든 남들에게 인정받으려고 발버둥을 쳤어. 무언가 한마디로 나를 소개할 수 있는 대단한 업적을 만들려고 수단 방법 가리지 않았지. 지금 생각하면 가슴 아프고 창피하지만 솔직한 고백이야. 어른들이 말하는 '훌륭한 사람'은 '경쟁에서 이겨 사람들에게 기억되는 사람'이라고 생각했어. 지금도 그렇게 생각하는 어른들이 많지. 그런데 피땀 흘리는 노력으로 사람들이 다 알아주는 위치에 섰는데도, 말하자면 TV에 나와서 모두 알아봐 주는 사람이 되었는데도 마음이 편하고 기쁘지가 않더라고. 목이 마른데 콜라만 마셔 가지고는 뭘

가 갈증이 시원하게 풀리지 않는 그런 느낌이었어.

마지막으로, 오랫동안 나를 끌고 다닌 것은 '쾌락'이야. 건강에 좋지 않다는 술도 많이 마셨고, 음식도 아무거나 먹고, 일단 나를 '기분 좋게' 해주는 것은 무엇이나 내키는 대로 했어. 그리고 그런 것들을 위해 시간과 돈, 에너지를 쏟아부었어. 하지만 인간이 짐승이 아니어서 그런지 먹고 마시는 것만으로는 가슴의 허전함이 여전히 남더라고.

그렇게 이 세 녀석들에게 끌려다니다 지친 어느 날, 더 이상 이들을 따라다녀서는 안 되겠다는 생각이 들면서 이상한 깨달음이 왔어. 중요한 건 '속도'가 아니라 '방향'이고, '성취'가 아니라 '보람'이며, '쾌락'이 아니라 '감동'이라는!

이제껏 나는 재빨리 버스에 올라타서 남들보다 먼저 빈자리에 가서 앉을 생각만 했지, 정작 그 버스가 어디로 가는지는 관심이 없었던 거야. 삼십 대, 사십 대가 되었을 때 어디에 가 있어야 할지 모른 채, 목적지도 없이 그저 앞서기만 바랐던 거야. 그래서 불안했던 거지. 남보다 앞서 가면 뭐해, 어디 가는 버스인지도 모르는데. '방향'이 서야 속도도 가치가 있는 거지.

'성취'도 마찬가지야. 나만을 위한 성취는 잠깐 기분이 좋지만 미친 듯이 다음 것을 찾게 돼. 30등 하면 20등 하고 싶고 10등 하면 1등 못 해서 짜증 나고. 100만 원 벌면 1억 벌고 싶고, 1억 벌면 재벌이 부럽고…….

사람들은 몸은 별개이지만 다 연결되어 있어. TV와 리모컨이 따로 떨어져 있지만 서로 연동해 움직이는 것과 비슷하지. 그래서 나만을 위한 성취로 잠깐은 기뻤지만, 그 답답함을 어찌할 수 없었던 거지. 한 손은 나를 돕게 하지만 다른 한 손은 남을 도울 때, 그것이 일회성 행사가 아니라 생활의 습관이 될 때 비로소 '보람'을 느끼게 되고 더 이상 목마르지 않는 진정한 만족을 맛보게 돼.

그리고 마지막으로 '쾌락'이야. 쾌락 자체는 나쁜 것이 아니야. 인생을 윤택하게 하는 하늘의 선물이지. 하지만 쾌락이 다른 모든 것에 앞서는 녀석이 되어 버릴 때, 거기서 큰 문제가 생겨. 오락 시간에만 진가를 발휘하는, 재미는 있지만 리더십은 없는 친구가 인기 때문에 반장이 되어 버린 것과 같아. 그 친구는 어찌지 못하는 감투를 쓰고서 반을 엉망으로 만들어 놓을지도 몰라.

모순되는 것 같지만, 때때로 쾌락을 참고 그 노력과 시간을 다른 사람을 위해 할애할 때 '감동'의 얼굴로 우리에게 다시 돌아와. 거창한 얘기가 아니야. 게임하던 손을 잠시 놓고 부모님께 진솔한 사랑의 편지를 쓰면, 그 잠깐의 '희생'이 부모님께 '감동'으로, 나에게는 부모님의 '사랑'으로, 그리고 다시 나의 '감동'으로 일파만파 퍼지는 거지.

속도와 성취, 쾌락에 지친 나에게 어느 날 다가온 '방향'과 '보람', '감동'이 내 삶을 바꾸어 놓았어. 이제는 감히 만족스럽고 기쁜, 행복한 삶을 살고 있다고 자신 있게 말할 수 있단다.

이제 너에게 물어볼게. 너는 무엇 때문에 살아가니? 그리고 무엇이 너를 이끄니? 만약 올바른 방향과 사람을 돕는 보람, 그리고 가끔 희생할 줄 아는 감동이 너를 끌어간다면 이걸 깨닫는 데 엄청 오래 걸린 나보다 훨씬 지혜로운 삶을 살게 될 거야. 꼭 그러길 바라.

 문단열

스타 영어강사입니다. EBS 〈잉글리쉬 카페〉의 진행자로 활동하며 신 나게 듣고 따라 말하는 영어 학습법으로 대한민국에 돌풍을 일으켰습니다. 삶의 절정에서 사업 실패와 암 선고 등으로 바닥을 경험하고 그때부터 인생 궤도가 달라졌습니다. 억지로 힘을 내기가 어렵다면, 그는 이것만은 기억하라고 말합니다. "지금 당신의 고통은 언젠가 누군가를 위로할 능력입니다!" 영어 학습법에 관한 다수의 책들과 에세이 《단열단상》을 썼습니다.

문제없는 사람이
어딨니

안병은

어렸을 때 위인전을 읽으면 행복하지 않았습니다. 아니, 읽기가 싫었습니다. 나는 위인전에 나오는 사람처럼 될 수 없다는 생각이 들어 그랬던 것 같습니다. 위인전에 나오는 그들은 어려서부터 영특하고, 착하고, 부모님 말씀 잘 듣는 등 너무나도 완벽하고 아무 문제가 없는 사람 같았으니까요.

그런 면에서 나는 어려서부터 싹수가 노랬습니다. 수업 시간에 떠들다 선생님한테 얼마나 혼났는지 모릅니다. 하도 떠들어서 선생님이 내 입에 빨래집게를 물려 놨던 적이 한두 번이

165

아니었지요. 같은 반 여자 아이를 놀리다 혼나고, 준비물을 안 가져와서 혼나고, 이래서 혼나고 저래서 혼나고…… 온통 혼났던 기억뿐입니다.

중학교 때는 어머니에게 학교에 안 가고 싶다고 조르기도 했습니다. 고등학교 때도 그리 평탄하지는 않았습니다. 힘든 학창 시절을 보내고 "너 같은 놈이 잘되나 보자"는 선생님의 말씀을 들으며 고등학교를 졸업했습니다. 우여곡절 끝에 의과대학에 입학하고 아주 힘들게 졸업해서 지금은 정신과 전문의로 일하고 있습니다.

정신과 의사로서 어린 시절을 돌아보면 나는 분명 아주 문제가 많은 아이였습니다. 굳이 진단을 내리자면 'ADHD(주의력결핍과잉행동장애)'라는 질환을 가지고 있었습니다. 그런 아이가 의사가 되었다고 모든 것이 순조로웠을 리는 없겠지요? 그런데 이런 생각이 들었습니다.

'생긴 대로 살아 보자. 내가 가지고 있는 문제를 장점으로 활용해 보자.'

진료실보다는 지역 현장에서 환자를 만나고 그 공간에서 치료를 했습니다. 산만하고 행동이 많았던 나에게는 너무나 적합

166

한 치료 행위였습니다. 중증의 정신 질환을 가지고 있는 분들과 자전거를 타고 땅끝까지 가보고, 편의점을 차려서 같이 운영도 하고, 세탁소도 해보고, 지금은 커피집을 운영하고 있습니다. 그러다 보니 진료실에서 치료할 때보다 더 좋아지는 환자를 많이 보게 되었습니다.

내 진료시간에는 마음이 아픈 청소년들이 참 많이 옵니다. 그 아이들을 볼 때마다 참 슬픕니다. 버릇이 없다거나 문제아라기보다는 마음이 아픈 것인데, 단지 학교라는 사회적 시스템과 잘 맞지 않는 것일 뿐인데……. 그 아이는 자신이 가진 문제 자체보다는 사회적 시선 때문에 자포자기하고, 그로 인해 더 힘들게 세상을 살아갑니다.

우리 모두는 문제를 가지고 있습니다. 어떤 문제를 가지고 있느냐, 어느 정도의 어려움을 보이느냐 하는 정도의 차이가 있을 뿐입니다. 그 문제로 지금 어려움을 겪고 있더라도 어느 순간에는 장점으로 활용될 수 있습니다.

자신의 문제를 굳이 장점으로 활용하지 않아도 좋습니다. 그 문제에 너무 매달리지 말고, 자신이 가지고 있는 장점을 최대한 살리는 것이야말로 가장 효과적으로 인생을 사는 방법이니까요.

잊지 마세요. 우리 모두는 완벽하지 않습니다.

 안병은

정신과 전문의입니다. 2008년 정신 질환자들의 재활을 돕는 사회적 기업 (주)우리동네를 설립했습니다. 우리동네는 편의점, 운동화 빨래방, 세탁소 사업 등을 거쳐 지금 10여 개의 커피집 체인으로 성장했습니다. 마음의 병이 있는 아이들을 위한 학원도 운영 중입니다. 정신 질환자들이 함께 어우러져 살 수 있는 사회를 위해 도전을 멈추지 않는 그의 좌우명은 '존재를 향해 끊임없이 모험하자'입니다.

사랑해서 그러는 거란다

박완서

내 조카딸 형선이는 올해 열일곱 살, 한참 예쁠 나이다. 그 아이는 안 예쁜 데는 한군데도 없다. 나는 그 아이만 보면 눈을 가느스름히 뜨고 입을 다물지 못한다.

예쁘고 대견하고 사랑스러워서다. 그래도 그 아이는 자기가 얼마나 예쁜지를 알지 못한다. 눈이 조금만 더 컸으면 살결이 조금만 더 고왔으면 허리가 조금만 더 날씬했으면 하고 자신에 대한 불만에 차 있다.

가끔 엄마의 화장품으로 아이라인을 그려서 눈을 크게 만들고 즐거워하기도 하고 다이어트를 한답시고 며칠씩 샐러드만 먹고 견디기도 한다. 그러나 그 애의 다이어트는 오래가지 못한다. 그 애는 극히 건강한 아이이기 때문에 다이어트 끝엔 더욱 왕성한 식욕으로 약간 줄어든 허리 사이즈를 보충하고도 넘게 먹어 댄다.

나는 그 애의 조금 작은 듯한 눈도 좋아하지만 서툴게 아이라인을 그리고 장난스레 웃는 눈도 좋아한다. 다이어트를 하느라 힘겹게 극기하는 그 아이도 사랑스럽지만, 양껏 먹고 즐거워하는 그 아이도 사랑스럽다.

나는 그 아이가 예쁘고 사랑스러워 죽겠는데도 그 아이를 보면 서양 사람들처럼 너를 사랑한다고 말하지 못하고 괜한 잔소리나 한다. "공부 열심히 해라", "고운 말을 써라", "학용품 아껴 써라", "옷은 언니 옷을 물려 입어라" 하고 꼭 그 아이가 듣기 싫어할 소리만 골라서 한다.

내가 그 아이를 사랑하는 것만큼 그 아이도 나를 좋아해 주길 바라면서도 그 아이가 가장 싫어하는 잔소리를 해서 인심을 잃고 만다. 요다음부터 그러지 말아야지 벼르지만 그 아이만 보면 나도 모르게 또 잔소리가 나온다.

왜 그럴까? 사랑하기 때문이라고밖에 할 말이 없다. 사랑하기 때문에 지금 예쁜 것처럼 앞으로도 예쁘길 간절히 바라게 된다.

지금 예쁜 것은 그 나이엔 누구나 다 예쁜 그런 미(美)이지만 앞으로 나이 들고도 예쁘려면, 오래오래 예쁘려면 아이라인 그리는 걸 배우는 것보다, 허리가 날씬해지는 것보다도 내면세계를 풍요롭게 가꾸어야 한다.

화초나 나무를 솎아 주고, 비료를 주고 가지를 쳐주는 일을 아무 때나 하면 되는 게 아니라 적기가 있듯이, 사람에게도 한참 예쁠 때가 바로 그 적기라는 걸 나이가 든 사람의 경험으로 알고 있기 때문에 미움을 사면서까지 잔소리를 멈추지 못하는 것이다.

조카딸 형선이만 예쁜 게 아니라 그 나이 또래는 다 예쁘다. 텔레비전 같은 데 중고등학생들이 나와서 자유롭게 이야기도 하고 노래도 부르는 걸 보면 그렇게 예쁠 수가 없다.

그 아이들은 우리 형선이처럼 자신이 얼마나 예쁘다는 걸 의식 못 하고 있어서 더욱 예쁘다. 더러는 버르장머리 없는 소리도 하고, 어른을 적대시하는 불만도 터뜨리건만도 조금도 밉지가 않다.

형선이는 내 조카이니까, 내 동생의 자식이니까 예쁜 것이 당연하지만 생판 남인 그들이 왜 그렇게 대견하고 미덥고 사랑스러운 것일까?

그 애들이 우리 모두의 미래요, 희망이기 때문이 아닐까. 사람은 희망이 없다면 하루도 살 수가 없다. 설사 목숨이 붙어 있다고 해도 희망 없이는 진정 살아 있다고는 할 수가 없다.

우리의 사랑, 우리의 미래, 우리의 희망인 십대들이여, 그대들이 나이 든 사람들의 잔소리를 귀찮아하고 때로는 불끈 반항하는 것도 좋지만 제발 잊지는 말아 다오.

우리 모두가 그대들을 사랑한다는 것 한 가지만은. 그리하여 가장 깜깜하게 절망했을 때, 가장 마음이 추울 때 그것으로 마지막 불씨를 삼아 다오.

 박완서

우리 시대를 대표하는 소설가입니다. 학생들에게는 국어 교과서에 실린 〈옥상의 민들레 꽃〉, 〈그 여자네 집〉, 〈엄마의 말뚝〉, 〈그 많던 싱아는 누가 다 먹었을까〉 등의 작품으로 익숙한 작가이기도 합니다. 주부로 살다 나이 마흔에 소설가로 늦깎이 데뷔했으나 40여 년간 왕성한 작품 활동을 했습니다. 그의 작품이 실린 책이 청소년용을 포함해 200여 권을 헤아릴 정도입니다. 2011년 1월 22일 80세의 나이로 세상을 떠났습니다.

폼 나는 일이
아니어도 괜찮아

이영석

대학에서 나의 전공은 레크리에이션이었습니다. 놀 줄 모르는 사람들을 위해서 이왕이면 놀이를 전문적으로 고민하고 실천해 보자는 생각에 레크리에이션학과에 지망했지요. 학교를 졸업하고 몇 가지 크고 작은 캠프나 대규모 기획을 맡았고, 내가 맡은 일에 대한 보람과 자부심을 가지고 열심히 일했습니다. 그러나 얼마 가지 않아 며칠 동안 밤새워 기획한 프로그램을 회사 선배가 그대로 베껴서 브리핑하는 것을 보고 그날로 회사를 떠났습니다.

'즐겁고 정직한 일은 없을까?'

'고민하고 노력한 만큼 보상받을 수 있고 항상 즐겁게 움직일 수 있는 일은 없을까?'

이러한 고민으로 차 있던 나에게 그 답은 아주 우연히 찾아왔습니다. 그것은 '장사'였습니다. 흔히 말하는 최소의 자본을 들여서 최고의 이익을 남기는 속임수가 아니라, 나에게 장사란 품질로만 승부하는 정직한 것이었습니다. 정말로 내가 잘하고 즐길 수 있는 일, 그러면서도 정직하게 사는 길로 나는 '장사'를 선택했습니다.

그때가 1993년이었습니다. 그러나 장사에 대해서는 아는 바가 없었기 때문에, 장사를 하겠다고 마음먹게 된 결정적인 전환점을 제공해 준 오징어 장사 아저씨를 따라다니며 장사의 기본을 배웠습니다. 사람을 상대하는 법, 좋은 물건을 고르는 법, 고갱이라 할 만한 좋은 자리들…… 1년 만에 1톤 트럭 한 대를 사서 독립했지만, 그렇다고 장사의 달인이 된 것은 아니었습니다.

그때부터 최고의 과일과 야채를 구별하는 나의 배낭여행은 시작되었습니다. 우리나라에서 가장 많은 과일과 야채가 취급되고 거래되는 가락동 농수산물 시장의 상인들을 스승으로 모시는 걸 시작으로, 누군가 어느 지방의 무슨 과일이 좋다고 하면 직접 트럭을 몰고 그곳에 갔습니다.

가서 직접 나의 손으로 만져 보고 눈으로 보기 전까지는 누구의 말도 믿지 않았습니다. 나보다 과일과 야채에 대해 많이 알고 있는 사람은 모두 나의 스승으로 삼았습니다. 좋은 과일을 찾아 전국을 누빈 거리만 해도 지구를 세 바퀴쯤은 돌 만한 거리였습니다. 이 모든 과정은 나에게 배낭여행과 같은 기쁨을 주었습니다. 몸은 고달팠지만 항상 신이 났습니다.

그러나 처음 시작한 트럭 행상이 단골을 잡기란 어려웠습니다. 그래서 이동식 점포의 개념을 생각해 내어 매일 같은 시간대, 같은 장소에 트럭을 대고 손님을 기다렸습니다. 예를 들면 A아파트는 월요일 11시에서 12시, B아파트는 화요일 11시에서 12시, 이렇게 시간을 어기지 않고 좋은 품질의 과일을 싣고 손님을 기다리자, 매일 트럭이 오는 시간을 기다리는 단골이 생겨나게 되었습니다.

이 글을 읽는 여러분은 대개 이제 자신의 인생에 대해 꿈을 갖기 시작하는 단계라, 아마 나의 야채 장사 이야기가 와 닿지 않을지도 모릅니다. 왜냐하면 아직도 대부분의 사람들은 직업을 고를 때 이왕이면 깨끗하고 안전하고 쉬운 일을 먼저 생각하기 때문입니다. 나 역시 대학까지 나온 녀석이 트럭 행상에 야채 장사냐고 핀잔을 들은 일이 한두 번이 아니었습니다. 그러나 누군가는 위험하고 지저분한 일을 해야 합니다.

내가 선택한 일이 폼 나는 일이 아니어서 주위에서 멸시와 조롱을 받더라도 내가 하고 싶은 일이라면, 또 그것이 옳은 일이라면 주위에서 뭐라고 하든 밀고 나갈 뚝심이 있어야 합니다. 내가 진정으로 좋아하는 일에는 목숨을 걸 수 있는 용기와 배짱이 필요합니다.

지금은 내가 움직이지 않아도 나를 대신할 직원들이 있고, 굳이 야채 장사를 하지 않아도 이미 모은 돈으로 재테크를 하며 살아갈 수 있습니다. 하지만 나는 돈을 벌기 위한 도구가 아닌 평생의 일로 장사를 시작했습니다.

누가 억지로 시켜서 하는 일이 아니라, 내가 좋아서 하는 일이기 때문에 오늘도 나는 새벽 2시면 어김없이 일어나 가락시장에 나가 일곱 시간 동안 온 시장을 돌며 과일을 맛보고 또 맛보며 손님의 입맛을 만족시켜 줄 가장 맛있는 과일을 찾습니다. 무엇이든 그 분야에서 최고가 되기 위한 노력은, 야채와 과일,

생선을 날마다 사다가 파는 나의 경우나 최고의 과학 분야에서 연구에 매진하고 있는 우주 공학자나 그 기본 마음에서는 다르지 않다고 생각합니다.

지금 자신이 하고 있는 일을 진정 좋아할 것, 그리고 남의 평가에 의존하지 말고 자신이 진정 최고라는 자부심을 가질 때까지 노력을 게을리하지 말 것, 나의 노력과 수고가 남들에게 도움이 되도록 할 것. 이 세 가지 마음만 품고 일하다 보면 돈은 저절로 수고의 대가로 따라올 것입니다.

돈을 벌기 위해서가 아니라 그 일이 좋아서 하다 보면, 나에게도, 남에게도 도움이 되는 길을 저절로 찾게 됩니다. 그것이 사람 사는 일이지요.

 이영석

우리나라 농산물 대표 브랜드 '총각네 야채가게' 대표입니다. 트럭 행상으로 시작해 전국 40여 개의 점포를 가진 대규모 농산물 판매 기업을 일으킨 주인공입니다. 항상 자신을 "야채 파는 이영석입니다"라고 소개하며, 명함에도 대표라는 직함 대신 '야채 장수'라 쓰여 있습니다. 지금도 세계 각국의 새로운 과일에 대해 공부하며, 과일 품종마다 최적의 보관온도, 가장 맛있게 먹는 법을 끊임없이 연구합니다.

수평적으로
보기

윤재윤

    우리의 일상생활은 모든 것이 줄을 세우기 위한 평가 위주로 되어 가고 있습니다. 학교 성적은 소수점 단위까지 계산하여 등수를 가리고 있고, 입학시험에서 0.1점 차이로 합격과 불합격이 결정됩니다. 미인선발대회에서는 인체의 아름다움에 대하여도 점수를 매기고 경쟁합니다. 그뿐이 아닙니다. 경제, 정치, 학문 등 어떠한 분야든 문제가 생기면 그 분야의 개인이나 단체 혹은 국가 사이의 순위가 구체적인 통계 자료와 함께 발표되어 서열을 알리는 실정입니다.

이러한 상황에서 우리는 자신도 모르게 모든 것을 상대적으로 평가하는 사고방식, 즉 수직적, 서열적 사고방식에 익숙해져 있고 이에 따라 모든 것을 이해하고 받아들이게 되었습니다. 그러나 물건이 아닌 인간에 관하여 이렇게 수직적으로 보는 것이 정확한 것일까요?

이야기 하나를 소개합니다. 오래전 경상남도 거창에 근무할 때 큰딸아이의 담임이셨던 박창옥 선생님에게 직접 들은 이야기입니다. 샛별초등학교는 같은 재단인 거창고등학교와 함께 자주적인 교육 방침으로 유명한 학교이지요. 당시 그 학교 고학년에 지능이 떨어지는 지적 장애인 학생이 한 명 있었습니다. 원래는 특수학교에 다녀야 하지만 형편이 어려워 이 학교에 다니게 되었습니다.

그는 공부는 아주 못했지만 친구들과 함께 잘 어울려 기쁘게 지냈습니다. 이 학생의 조금 모자라는 듯한 행동이 친구들 사이에서 유쾌한 웃음거리가 되었고, 친구들이 그의 행동을 이해하고 즐거워하였기 때문입니다. 그것이 가능했던 것은 선생님들의 확고한 교육 방침 덕분이었습니다.

그 학생은 "나는 공부는 잘 못하지만 친구들을 잘 웃겨요"라

inyoung

고 당당하게 이야기했습니다. 친구들에 대해서도 '이 친구는 공부를 잘해요', '저 친구는 달리기를 잘해요' 하는 식으로 보았고, 그러니 자신도 당당하게 받아들이고 긍정하였던 것입니다. 이것과 '나는 바보니까 살 가치가 없어', '나는 형편없는 사람이야' 하는 것 중 어느 것이 더 올바른 사고방식일까요?

이 세상에 자연 상태에 있는 것은 그 어느 것도 똑같은 것이 없습니다. 지구상에 있는 헤아릴 수 없는 나무들도 어느 하나 같은 것이 없습니다. 돌멩이도, 산도, 구름도 모두 같지 않습니다. 각 존재는 모두 자신만의 고유함을 갖고 있는 것입니다. 이러한 것들 사이에서 서열을 정할 수 있을까요? 이 장미가 저 백합보다 더 낫다고 할 수 있나요? 가수 싸이와 야구 선수 류현진을 놓고 누가 더 가치가 있는지 결정할 수 있나요?

모든 존재는 충실하게 자신을 지키고 있는 한 아름다운 것입니다. 누가 더 낫고 못하다고 수직적으로 순위를 매길 수 있는 것이 아닙니다. 이러한 태도를 버리지 않는 한 너무나 좁고 딱딱한 사람이 될 수밖에 없고, 인생의 온갖 풍요로운 비밀을 맛볼 수 없습니다.

여러분 각자는 이 세상에 하나밖에 없는 존재입니다. 공부나 운동 등 어떤 면에서 남보다 뛰어난 능력을 가진 사람은 이 것이 하늘의 선물인 것을 알고 감사해야 하며, 능력이 부족하다고 생각하는 사람은 자신에게 숨겨진 또 다른 능력과 기회가 있음을 믿어야 합니다.

경쟁과 비교의 유일한 대상은 다른 사람이 아니라 자기 자신입니다. 남보다 못한 자신이 아니라 오늘 자신에게 주어진 힘과 시간을 완전히 사용하지 못한 것을 부끄러워해야 합니다.

모든 사람을, 자기 자신까지 포함하여 있는 그대로, 즉 수평적으로 새롭게 바라보기 바랍니다. 주위를 수평적인 시선으로 바라보되 가슴을 펴고 당당하게 걸어가기 바랍니다. 여러분은 한 사람도 빠짐없이 가장 아름다운 존재입니다. 이 세상에 고유한 생명으로 보내졌기 때문입니다.

 윤재윤

1981년부터 30여 년간 법관으로 일하며 우리나라에서 처음으로 비행소년과 시민을 연결하여 보호하는 '소년자원보호자제도'를 만드는 등, 판결만 하는 차가운 법을 뛰어넘어 뜨거운 정의를 실천하려 애썼습니다. 법정에서 바라본 인간과 삶에 대한 고민들을 담아 에세이집 《우는 사람과 함께 울라》를 펴냈습니다. 2012년 건설분쟁 전문 변호사로 제2의 인생을 시작했습니다.

와이 낫?

김영세

나는 어려서부터 무엇인가를 만들고 그리는 것을 좋아했습니다. 그림은 좋아했지만 화가가 되고 싶은 욕망은 없었습니다. 구체적으로 뭔지는 잘 몰랐지만, 그저 더 신 나고 즐거운, 뭔가 새로운 것을 만들어 내는 일을 좋아했던 것 같습니다.

열여섯 살, 중학교 3학년이 되어서야 나는 드디어 '그 무엇'의 실체와 만날 수 있었습니다. 지금도 생생히 기억하는 내 인생의 전환점은 친구 집에서 〈인더스트리얼 디자인〉이란 잡지를 꺼내 보면서 찾아왔습니다.

한 장 한 장 별 생각 없이 넘기던 내 손과 눈에 서서히 힘이 들어가기 시작했습니다. 그러다 어느 순간 머리를 세차게 한 대 맞은 듯 아득해지는 느낌이 들었습니다. 쿵쾅쿵쾅 심장 뛰는 소리가 귀에 들리고 목에 뭔가가 꽉 차올라 오는 느낌이었지요.

세상에 이런 게 있었다니! 보기 좋고 쓰기 좋은 일상 생활용품을 생각해 내고 그것을 만드는 일! 그 잡지에는 그런 일이 넘쳐흐르고 있었습니다. 나는 순간 마치 오랫동안 감겨 있던 두 눈이 번쩍 뜨이는 듯한 느낌과 함께 마음에 굳은 심지 같은 게 꽉 박히는 기분이 들었습니다.

'그래, 맞아! 이게 바로 내가 원하던 일이고 앞으로 내가 할 일이야!'

미래를 위한 상품을 그려 내는 작업의 매력을 순간적으로 깨달았던 것이지요. 디자인이라는 과정을 통해 만들어진 물건이 수많은 사람을 즐겁고 유쾌하게 해줄 수 있다니, 나는 첫 대면에서 디자인이라는 작업에 반해 버렸습니다. 그 놀라운 첫 대면이 나를 산업디자인학과에 진학하게 했고, 디자인 선진국인 미국으로 가 디자인을 공부하도록 이끌었습니다.

만약 그때의 강렬한 체험이 나를 이끌어 주지 않았다면, 나는 여행용 골프가방, 아이리버, 세 발 달린 가스버너, 자동잠금 장치가 있는 지퍼, 휴대전화기와 PDA를 합친 스마트폰을 디자인하지 못했을 것입니다. 어쩌면 나 자신의 가치조차 깨닫지 못한 채 살고 있을지도 모릅니다. 그래서 나는 열여섯 살에 디자이너로 다시 태어났다고 말하곤 합니다.

나는 일상 속에서 불편한 점을 잘 참지 못합니다. 보통 사람들은 주위 사물이나 환경에서 느끼는 불편을 해소해 줄 제품을 찾다가 없으면 포기해 버립니다. 하지만 나는 이 세상에 없는 물건이라면 만들면 된다고 생각하고 바로 디자인에 들어갑니다. 이런 불편함을 참지 못하는 성격이 나를 디자이너로 만들었는지도 모릅니다.

사실 우리는 너무 쉽게 현실의 한계를 인정합니다. 방법을 조금 찾다가 없으면 바로 포기해 버리는 경우가 많습니다. 새로운 것을 꿈꿀 수 있는 여지조차 두지 않습니다. 특히 한국은 '와이 낫(Why Not)?' 문화가 없는 듯합니다.

'와이 낫'은 상상력의 출발이며 새로운 발상의 기초입니다. 미래 사회를 향한 경쟁력의 첫걸음이 될 중요한 요소이지만 우리에게 이런 면이 부족합니다. 그것은 교육 때문이기도 하고,

개성보다는 중용과 화합을 존중해 온 우리 사회 문화의 기조 때문이기도 합니다.

속된 말로 '또라이'가 되어 볼 것을 권합니다. 실은 나도 그 말을 많이 들어봤습니다. 우리가 금기시해 왔던 '튀는 행동'에 대한 거부감이 들어가 있는 말이지요. 이제는 그 거부감에서 벗어나야 합니다.

하나 더 보태자면, 새로운 목표를 향한 끈기를 가져야 합니다. 일상생활에서 '왜 이런 물건이 없을까? 왜 아무도 안 만들고 있을까?' 하는 생각이 들었다면, 불편함을 참지 말고 해결 방법을 찾으려고 노력해야 합니다. 이 세상의 모든 혁신은 불편함을 참지 못하고 새로운 것을 파고드는 '와이 낫'에서 출발했음을 잊지 맙시다.

내가 살고 있는 미국 캘리포니아의 실리콘밸리가 바로 이런 변화의 발상지입니다. 전 세계 10대 기업 중 네 개 회사가 실리콘밸리에서 나왔지요. 현재 시가 총액 세계 1위 기업이 실리콘밸리의 '애플'이라는 사실을 모르는 이는 없을 것입니다. 미래는 창의적인 사람들이 이끌어 갈 것입니다. 그리고 창의적인 사람은 다른 사람들을 진심으로 사랑하고 배려하는 사람들입니다.

일찍이 나는 미국 실리콘밸리에 설립한 이노디자인의 슬로건을 '디자인은 다른 사람을 사랑하는 것(Design is loving others!)'이라고 정한 바 있습니다. 우리나라의 미래를 짊어지고 세계를 변화시켜 나갈 여러분이 다른 사람을 배려하고 사랑하는 마음으로 창조적 리더십을 발휘해 주기를 기원하며, 내 글이 그 시작점이 될 수 있기를 희망합니다.

 김영세

세계적인 산업디자이너입니다. 그가 디자인하면 혁신이 되고, 새로운 트렌드가 되어 왔습니다. 디자인계의 아카데미상이라 불리는 미국의 IDEA 금 · 은 · 동상을 모두 휩쓰는 진기록을 남겼으며, 독일의 iF와 reddot, 일본의 Good Design Award 등 세계적 권위의 상을 받았습니다. 그가 실리콘밸리에 설립한 '이노디자인'은 세계 10대 디자인 회사로 꼽히고 있습니다. 저서로는 《퍼플피플》, 《이노베이터》, 《이매지너》 등이 있습니다.

나를 바꿀 수 있는
오직 한 사람

박희정

생각은 자유롭습니다. 어떤 생각이든 할 수 있습니다. 그리고 그 누구도 내가 생각하는 것을 막을 수는 없습니다. 긍정적인 생각이든 부정적인 생각이든, 가능하다고 하든 불가능하다고 하든, 행복하다고 하든 두렵다고 하든 전적으로 내 마음에 달려 있습니다.

마음의 결단과 결정도 오직 내가 하는 것입니다. 이러한 결정과 결단이 없이는 결코 앞으로 나아갈 수 없고, 그것이 결국 나를 만들어 갑니다.

해도 해도 안 될 때가 많았습니다. 아무리 해도 안 되어 눈물 흘리며 방황하던 때도 있었습니다. 서울에서 한 평 고시원에 살며 홀로 공부하고 일할 때는, 죽고 싶다는 생각도 많이 했습니다. 인생이 억울했고 내가 너무 바보인 것만 같았습니다. 누구 하나 도와주는 사람도 없었습니다.

"긍정적인 생각은 어떠한 일을 성취로 이끄는 믿음입니다. 희망과 자신감 없이는 어떤 일도 이루어 낼 수 없습니다."

나는 어릴 때부터 장님에 귀머거리, 벙어리였던 헬렌 켈러의 이 말이 너무나 좋았습니다. 비록 산골에서 농사짓고 배우지 못한 부모님 밑에서 혼자 묵묵히 공부해야 했지만, 헬렌 켈러와 비교해 사지 멀쩡한 나는 정말 이루지 못할 것이 없을 것만 같았기 때문이지요.

어릴 때는 엄청 가난했습니다. 쌀이 없어 라면으로 아침을 먹는가 하면, 그 모습을 안타깝게 보신 이웃집 할머니가 자주 밥을 가지고 오실 정도였습니다. 연탄가스 중독으로, 우물에 빠져서, 홍수에 휩쓸려 죽을 뻔한 고비도 정말 많았습니다.

가난으로 시작한 이 악순환은 대학에 와서도 계속되었습니다. 경상도 시골 출신이라 그런지 글쓰기와 영어는 아무리 공부해도 나아지지 않았습니다. 글쓰기는 형편없었고, 대학 때 나의 첫 토익점수는 330점이었지요.

보이지 않는 그 어떠한 믿음에 매달리며, 그래도 '나는 할 수 있다'며 절대 포기하지 않았습니다. 나의 책상 위에는 항상 '꿈을 꿀 수만 있다면 반드시 할 수 있다'는 문구가 있었습니다. 생각이 자유롭듯 꿈을 꾸는 것 역시 자유이기에, 이것만은 절대 포기하지 않았습니다.

자기가 하고 싶고 잘할 수 있는 것을 찾아 행복한 생각, 긍정적인 결단으로 나를 만들어 간다면 반드시 이루어 낼 수 있습니다. 행복한 생각을 하면 행복해지고, 부정적이고 우울한 생각을 하면 인생이 두려워집니다.

경상도 산골에서 고추 따고 깨 털고 했던 나는 대학교에 다니게 되리라고는 상상도 하지 못했습니다. 그런데 서울에서 대학을 졸업하고, 런던과 뉴욕에서 공부하며 미국의 로스쿨까지 졸업했습니다. 그리고 국제 변호사를 꿈꾸며 다시 도전을 준비하고 있습니다. 할 수 있다는 믿음과 끝까지 그 꿈을 포기하지 않겠다는 결단이 나를 만들어 내고 있습니다.

마지막으로 드리고 싶은 말씀은 한 가지입니다.

"당신의 인생을 바꾸기 위해 오직 한 사람만이 필요합니다.

바로 당신 말입니다."

 박희정

건국대를 졸업하고 특별한 영어 점수 없이 우수한 성적으로 세계의 명문 로스쿨 네 곳에
모두 합격해 화제의 주인공이 되었습니다. 대학 시절 드림빅하우스를 창업한 바 있으며,
글로벌평화연구회(GPA)를 설립하고 회장으로 활동했습니다. 유엔협회세계연맹, 아시아
산업자원개발그룹, 국제한국입양인봉사회(InKAS), 세계지식재산분쟁조정중재센터 등에서
일하며 자신을 발견하는 실험을 했습니다. 워싱턴대, 듀크대 로스쿨 졸업 후 '법과 기업가
정신'이라는 툴로 새로운 변화와 혁신을 꿈꾸며, 새로운 도전을 준비 중입니다. 책 《내 꿈
에 국경은 없다》, 《나는 꿈을 실험한다》, 《마음스펙》을 썼습니다.

열정은
세계로 통하는 길이다

조수미

　연주를 위해 짐을 챙기고 공항에서 비행기 탑승을 기다리던 중, 나의 십대는 어땠는지 희미해진 기억을 반추해 보았습니다. 밑줄을 그으며 공부하는 습관이 있었는데, 어찌나 예·복습을 열심히 했던지 교과서가 구멍 날 정도였습니다. 매일 몇 시간씩 실기 연습에 집중하다 보면, 일주일, 한 달이 훌쩍 넘어가 버리기 일쑤였지요. 그 결과 서울대학교 음악대학 성악과에 수석으로 입학했습니다.

　부모님과 교수님들의 기대를 한 몸에 받으며 대학 생활을 시작했지만, 문제는 입시 이후의 목표에 대한 동기 부여가 없었다는 것이었습니다. 더 이상 늦은 밤까지 공부하거나 피아노 앞에 앉아 정해진 연습 시간을 채우지 않아도 된다는 것이 너무 좋았습니다.

그 자유로움을 만끽하는 데 집중했고, 그러다 보니 학과 성적이 점점 떨어졌습니다. 2학년에 들어서는 낙제점인 F를 받기도 했습니다. 심지어 레슨 시간 10분 전에 악보를 대충 훑어본 후 레슨을 받다가 크게 꾸중을 듣기도 했습니다. 그렇게 시간을 보내던 중 지도 교수님이 나를 연구실로 부르시더니 단호하게 말씀하셨습니다.

"너 아무래도 빨리 유학을 가는 것이 좋겠다. 졸업시키고 보내고 싶었는데 이렇게 방치해 두긴 네 재능이 너무 아깝구나."

하지만 당시 나는 스무 살에 찾아온 첫사랑의 달콤함과 대학 생활의 자유로움에 빠져 있어, 그 권유가 귀에 들어오지 않았습니다.

그러던 어느 날, 6년간 다닌 선화예술학교에 크게 쓰여 있던 문구 하나가 떠올랐습니다.

'이 길은 세계로 통한다.'

갈래머리 친구들과 도란도란 이야기를 나누고 웃음꽃을 피우던 그 시절부터 키워 왔던 세계를 향한 꿈이 새삼 떠올랐습니다. 가족들에게 유학 결심을 알리고 1983년 드디어 로마로 향하는 비행기에 올랐습니다.

당시만 해도 해외여행이 자유롭지 않았던 때였는데, 혈혈단신으로 큰 트렁크를 든 채 로마 공항에 도착했습니다. 그런데 첫 시작부터 난관에 부딪혔습니다. 마중 나오기로 한 사람이 오지 않아 간신히 택시를 잡아타고 호텔에 짐을 풀었습니다. 그리고 로마 시내에 있는 '스페인 광장'으로 달려갔습니다.

그 늦은 밤 스페인 광장 한가운데 횃불이 피어오르고 있었습니다. 그 횃불을 보니 내 마음의 열정도 더욱 피어오르는 듯했습니다. 그날 새벽 로마에서의 첫날을 보내며 일기에 다섯 가지 다짐을 적어 내려갔습니다.

첫째, 어떤 고난이 닥쳐도 꿋꿋이 이겨 내며 약해지거나 울지 않을 것.

둘째, 절대 약하거나 외로운 모습을 보이지 않으며 늘 도도하고 자신만만할 것.

셋째, 어학과 노래에 온통 치중할 것.

넷째, 항상 깨끗하고 자신에게 만족스러운 몸가짐과 환경을 지닐 것.

다섯째, 말과 사람들을 조심하고 말과 행동을 분명히 할 것.

그 다섯 가지의 다짐을 힘들 때마다 되새기며 힘든 유학 생활을 버텼습니다. 처음 나간 국제 콩쿠르에서는 예선 탈락을 했고, 영양실조로 빈혈이 와서 버스 안에서 쓰러져 병원 신세를 지기도 했습니다.

동양인에게 유독 인색한 서양 클래식 음악계의 문은 좀처럼 쉽게 열리지 않았습니다. 그럴수록 더욱 이를 악물었고 그들보다 몇 배 더 노력한 결과 출전한 모든 국제 콩쿠르에서 입상했습니다.

1986년 6월에는 드디어 세계 무대에 첫발을 내디뎠습니다. 데뷔 무대의 성공으로 명지휘자 헤르베르트 폰 카라얀의 오디션을 보게 되었고 나의 무대는 이탈리아뿐만 아니라 파리, 뉴욕, 비엔나, 런던에 있는 세계 유명 오페라하우스로 넓혀졌습니다. 그리고 게오르그 숄티, 주빈 메타, 로린 마젤과 같은 거장들과 연주하게 되었습니다.

국제 무대에 데뷔한 지 30년이 다 되어 가지만, 지금도 내 마음속에 타오르고 있는 열정의 횃불을 느낍니다. 모든 기적의 원동력은 자기 자신입니다. 나 자신을 믿고 스스로의 가능성을 믿는 이들의 앞날은 더욱 빛날 것입니다. 어떤 어려움이 닥쳐도 포기하지 말고 그 꿈을 이뤄 내길 바랍니다.

 조수미

성악가입니다. 전설적인 지휘자 폰 카라얀은 '신이 내려 준 목소리'라는 극찬을 아끼지 않았고, 세계적인 지휘자 주빈 메타는 '한 세기에 한두 명 나올까 말까 한 목소리를 가진 가수'라고 찬사를 보낸 바 있습니다. 칼라스와 서덜랜드의 뒤를 잇는 이 시대 최고의 벨칸토 소프라노로 평가받으며, 성악의 본고장 유럽은 물론 전 세계의 오페라 극장에서 최고의 갈채를 받고 있습니다.

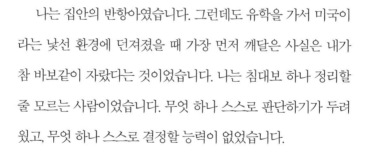

백조보다
미운 오리 새끼가
나은 이유

김성주

나는 집안의 반항아였습니다. 그런데도 유학을 가서 미국이라는 낯선 환경에 던져졌을 때 가장 먼저 깨달은 사실은 내가 참 바보같이 자랐다는 것이었습니다. 나는 침대보 하나 정리할 줄 모르는 사람이었습니다. 무엇 하나 스스로 판단하기가 두려웠고, 무엇 하나 스스로 결정할 능력이 없었습니다.

반면 서양 아이들은 나보다 더 어려도 고된 노동을 통해 스스로 학비를 벌고 과감히 자신의 길을 개척해 나갔습니다. 그들을 보며 내가 너무도 미성숙하고 나약한 존재라는 사실을 깨달

있습니다. 처음으로 나 자신을 객관적으로 바라보게 된 것이지요. 그때 나는 결심했습니다.

'이제부터 나 자신에게 도전하자. 혼자 일어설 수 있는지, 나 스스로를 책임질 수 있는지, 길을 찾아갈 수 있는지 도전해 보자. 그럴 수 없다면 짐을 꾸려서 돌아가자.'

바보에서 벗어나기 위해 바닥부터 다시 시작했습니다. 재벌의 딸로 안락한 환경에서만 자라 온 나에게는 무척 힘겨운 일이었습니다. 안주하고 싶은 유혹이 너무나 컸기 때문입니다.

젊은 시절에는 누구나 도전을 꿈꿉니다. 그러나 우리 사회는 그 의욕을 참 많이 억눌러 왔습니다. 활화산처럼 들끓는 의욕을 분출하지 못할 때 그것은 속으로 깊이 들어가 좌절감이 됩니다. 좌절감은 자포자기를 낳고, 응어리져서 병이 됩니다. 가슴속에 들끓던 꿈은 한낱 한(恨)이 되어 속으로만 곪아 갑니다.

하지만 단언하건대 도전하는 사람에게는 한으로 쌓일 허망한 욕구는 없습니다. 잠시 미운 오리 새끼 소리를 들을지언정 뜻을 세우고 단호히 실현시킬 의지만 있으면 길은 있습니다.

21세기라는 거칠지만 매혹적인 바다를 항해해 나갈 젊은이들에게 나는 제안합니다.

첫째, 리스크를 즐겨라. 재벌의 딸로 자란 것이 나에게 커다란 핸디캡으로 작용했듯이 명문 대학을 나온 것이 걸림돌이 되는 시대가 곧 올 것입니다.

둘째, 과보호로부터 탈출하라. 나는 고생했어도 내 자식만큼은 고생시키지 않겠다는 부모님과 가족의 울타리를 깨고, 혼자 힘으로 일어설 수 있어야 세상에 대한 두려움을 극복할 수 있습니다.

셋째, 도덕심과 윤리 의식을 가져라. 우선 스스로에게 정직해야 합니다. 자신의 약점을 솔직하게 인정하라는 것입니다. 남을 대할 때도 정적이 최선입니다. 허세를 부려 봤자 아무 도움이 되지 않습니다. 글로벌 무대에서도 정직만큼 큰 경쟁력이 없고, 세계는 도덕심과 윤리 의식을 갖춘 진정한 엘리트를 원하고 있습니다.

넷째, 자신의 한계를 넘어서는 법을 배워라. 나의 가장 큰 적은 나 자신입니다. 나의 한계를 설정하는 것도 바로 나 자신입니다. 자신의 한계를 명확히 인식하고 그것을 뛰어넘을 방법을 모색해야 합니다.

다섯째, 요행을 바라지 말고 능동적으로 최선을 다하라. 치밀하게 계획을 세우고 거시적인 전략 안에서 신속히 움직여야 합니다.

여섯째, 안에서 밖을 보지 말고 밖에서 안을 보라. 가더라도 왜 가는지, 어디로 가는지는 알고 움직여야 합니다. 현상에만 급급하지 말고 전체를 볼 줄 아는 넓고 긴 안목을 기르는 것이 진정한 글로벌 마인드입니다.

이것은 특히 단 1퍼센트의 가능성을 붙들고 씨름하는 벤처 기업인들과 벤처를 꿈꾸는 젊은이들에게 해주고 싶은 말입니다. 99퍼센트 실패를 맛보더라도 도전하는 자세는 황금보다 가치 있는 것입니다. 또한 스스로 도전하고 선택한 길에서 맛본 희열은 무엇과도 견줄 수 없을 만큼 매혹적입니다. 그래서 나는 아직도 성장한 백조보다는 미완의 미운 오리 새끼를 꿈꿉니다.

 김성주

MCM이라는 브랜드로 잘 알려진 성주그룹 회장입니다. 1997년 스위스 다보스포럼이 선정한 차세대 지도자 100인, 2012년에는 유엔 DNA(Decide Now Act) 회의가 선정한 '가장 창의적인 비전을 가진 101명의 리더'에 선정된 바 있으며, 지난 5월 전문직여성세계연맹(BPW) 글로벌여성리더십상을 받았습니다. 현재는 대한적십자사 총재로 일하고 있습니다.

스스로에게 물어야 할
단 한 가지

최염순

'경영학의 대부'로 칭송받는 피터 드러커 박사가 열세 살 되던 해에 있었던 일입니다. 어느 날 필리글러 선생님이 수업 시간에 학생들 한 사람 한 사람에게 이런 질문을 했습니다.

"너희들은 죽은 뒤에 어떤 사람으로 기억되길 바라느냐?"

물론 아무도 대답하는 사람이 없었습니다. 잠시 있다 선생님은 껄껄 웃으며 다음과 같이 말했습니다.

"나는 너희들이 대답할 수 있을 것이라고 기대하지 않았다. 이 질문에 대답하기에 너희들은 아직 어리단다. 그러나 50세가 될 때까지도 여전히 이 질문에 답할 수 없다면 그 사람은 인생을 잘못 살았다고 봐야 할 거야."

그 후 피터 드러커는 고등학교 졸업 60주년 동창회에서 어릴 적 친구들을 다시 만났습니다. 서로 어색하게 말을 주고받다가 누군가 필리글러 선생님 이야기를 꺼냈습니다.

"너희들 필리글러 선생님 기억나니? 그때 선생님이 하신 질문도?"

그날 모인 친구들 모두 필리글러 선생님을 기억하고 있었고, 그 질문이 자신들의 인생을 크게 바꿔 놓았다고 말했습니다. 비록 마흔 살이 될 때까지는 그 질문의 뜻을 잘 이해하지 못했지만 말입니다.

피터 드러커 박사는 세상을 떠날 때까지 그 질문을 계속했습니다.

"나는 어떤 사람으로 기억되기를 바라는가?"

이 질문은 우리 각자의 인생관, 철학에 대해 많은 생각을 하게 합니다. 우리가 추구하는 지식, 돈, 명예, 지위 등 소유도 중요하지만 무엇보다 가치관이 중요함을 깨닫게 해줍니다. 뿌리 깊은 나무가 열매를 지속적으로 잘 맺듯이, 가치관이 잘 정립된 사람은 살면 살수록 인생이 더 풍성해집니다.

마더 테레사 수녀는 1997년 세상을 떠났지만 아직도 전 세계인들에게 가장 존경받는 인물 중 한 사람입니다. 여러분은 테레사 수녀 하면 무엇이 생각나나요? 사랑, 헌신, 봉사, 희생 같은 단어가 아닐까요? 그녀는 일생 웃으면서 헌신적으로 사랑을 실천했습니다.

원래 그녀는 젊은 가톨릭 수녀로서 인도 캘커타의 고등학교에서 상급반, 중급반을 가르쳤다고 합니다. 그러나 그녀는 창문 너머 거리의 나병 환자들을 계속해서 주시했습니다.

"나는 그들의 눈에서 두려움을 보았습니다. 적절한 의료 혜택을 받아 본 적이 없는 두려움, 사랑을 받아 본 적이 없는 두려움을 보았습니다."

테레사 수녀는 그 눈빛을 마음속에서 떨쳐 버릴 수 없었고, 수녀원이라는 안전지대를 나와 나병 환자를 위한 평화의 집을 지었습니다. 그녀가 어느 날 한 어린이의 상처를 지극정성으로 치료해 주고 있을 때, 인근에 살던 이웃 주민이 물었습니다.

"수녀님은 당신보다 더 잘살거나 높은 지위를 가진 사람들이 편안하게 사는 것을 보면 부러운 마음이 안 드시나요? 평생

이렇게 사는 것에 만족하세요?"

"허리 굽히고 섬기는 사람에게는 위를 처다볼 시간이 없답니다."

'열심히 공부하자, 잘 먹고 잘 살아 보자.' 이제는 이것만으로는 충분하지 않습니다. '왜 열심히 일해야 하는가?' 이것에 대한 분명한 설명이 있어야 합니다. 그 설명은 바로 내가 평생 지니고 살아야 할 가치관이자, '죽은 후에 남겨진 사람들에게 내가 어떤 사람으로 기억되기를 바라는가?'라는 질문에 대한 답이 될 것입니다.

그 질문에 답할 수 있어야, 바쁘고 힘든 일상 속에서도 의미 있고 가치 있는 하루하루를 즐길 수 있게 됩니다.

 최염순

한국카네기연구소 대표입니다. 한국인 최초로 미국 '데일카네기 트레이닝'에서 강사 자격을 취득하였으며, 인간경영 컨설턴트로서 인간관계, 성과경영, 리더십 등의 강의를 통해 개인과 조직에 성공을 향한 열정을 불어넣는 일을 하고 있습니다. 《카네기 리더십》, 《성공의 85%는 인간관계》 등의 책을 썼으며, 역서로 《카네기 인간관계론》, 《카네기 행복론》, 《카네기 스피치&커뮤니케이션》, 《실패에서 성공으로》 등이 있습니다.

성적보다 먼저
높여야 할 것

김무정

어느새 변성기까지 온 아들이 어린 시절의 나와 똑같이 행동하는 것을 발견하고 혼자 웃음 짓곤 합니다. 또 자기 일을 태만하게 했다고 아들을 꾸짖을 때마다 학창 시절 나를 나무라시던 아버지와 지금 내 모습이 닮아 있다는 생각이 듭니다.

인생은 흐르는 물과 같습니다. 골짜기에서 시작한 샘물이 강을 거쳐 거친 바다로 나가는 것처럼 부모의 보호를 받던 아이들도 싫든 좋든 자신만의 인생을 꾸려 가도록 되어 있습니다. 그러나 청소년 시절에는 이 부모의 보호(여러분 입장에서는 간

섭이지만)가 너무 부담스럽고 지겹기만 합니다.

나는 고등학교 시절, 뜨거운 젊음이 용솟음치는 시설에 하루 종일 책상에 앉아 영어 단어를 외우고 미분 적분을 공부해야만 하는가에 대한 불만이 대단했습니다. 소설책을 마음껏 읽고 싶었고 신 나는 영화도 새로 나올 때마다 보고 싶었습니다. 외국 고등학생들처럼 연애도 하고 싶었고 칙칙한 교복을 벗어던지고 멋도 내고 머리도 기르고 싶었지요.

그리고 언제나 '공부해라. 그래야 훌륭한 사람이 된다'는 앵무새 같은 소리가 제일 듣기 싫었고 '그래 너 커서 뭐가 되려고 그러느냐'는 소리를 혐오했습니다. 아마 여학생들은 '좋은 대학 가야 좋은 데 시집간다'는 소리가 제일 지겨웠을 것입니다. 이러한 끊임없는 세뇌는 우리에게 '공부 잘함＝성공', '공부 못함＝실패'라는 등식을 각인시켜 공부를 못하면 스스로를 비하하고 괴로움을 느끼게끔 부추깁니다.

언젠가 고등학교 동창들의 학업 성적과 사회 성공도를 머릿속으로 비교해 본 적이 있습니다. 우수한 성적의 친구들은 교사나 대기업 사원이 된 반면, 성적이 한참 떨어지던 친구들은 오히려 회사 사장이나 나름대로의 전문가가 되어 누구 못지않게

열심히 살고 있었습니다.

공부 자체와 그 결과로 성공과 실패를 논하는 것은 무리라고 생각합니다. 다만 중요한 것은 스스로에 대해 갖는 믿음과 자신감입니다. 내가 비록 학교 성적은 하위권이지만 인생 성적은 결코 그렇지 않으리라는 것을 다짐할 수 있는 마음가짐이 필요합니다. 그리고 내 경험에 따르면 공부에 대한 지나친 억압과 긴장은 오히려 방해가 됩니다.

누구나 공부를 하고 성적을 올려야 한다고 생각하지만 마음대로 되지 않습니다. 성적 부진을 자신의 노력 부족으로 돌리며 "나는 왜 이럴까?"만 연발하는 친구들을 자주 봅니다. 그런 친구들은 걱정만 하지 정작 공부는 하지 않습니다. 걱정 자체로 자신을 괴롭히고 있는 것이지요.

성적 몇 등에 인생이 달라지지 않습니다. 내 인생은 누가 뭐래도 행복할 것이며 나만의 멋진 세계를 구축할 것이라는 '자존감'을 가지는 것이 필요합니다. 그러나 책임의 한계도 명확히 해야 합니다. 모든 결과를 인정하고 수용해야 합니다. '어떻게든 되겠지'라는 무책임한 태도는 금물입니다.

우리나라는 세계 어느 곳보다 학력 위주의 사회입니다. 그러므로 입시는 어차피 자신과의 한판 승부일 수밖에 없습니다. 씨름판에서 한순간에 힘을 쏟아부어 상대를 주저앉히는 것처럼 지금의 이 땀방울이 반드시 열매로 돌아온다는 것을 기억할 필요가 있습니다.

요즘 여러분은 예전 우리 때보다 더 힘들고 고통스러울 것입니다. 감각적으로 다가오는 여러 문화가 자극적이고 흡인력을 갖기 때문이지요. 이런 것에도 좀 더 능동적인 자세, 유연한 태도로 자신을 키워 나갈 필요가 있습니다. 그리고 삶의 가치를 판단하고 성숙케 해주는 첩경이 다량의 독서라는 사실은 불변의 진리입니다.

'천상천하 유아독존(天上天下 唯我獨尊)'이라는 믿음을, 그리고 나의 삶은 어떤 형태이든 멋지고 훌륭할 것이라는 자신감을 가지십시오. 그리고 생활에 지배받지 말고 인생을 누리고 가꿔 나갑시다.

 김무정

국민일보 선임기자입니다. 월간 〈신앙계〉에서 기자 생활을 시작했습니다. 1988년 국민일보 창간과 함께 경력기자로 입사해 주로 기독교 분야를 취재해 왔습니다. 《육이 죽어 영이 산 사람 후쿠시게 다카시》란 책을 썼습니다.

너의 '닭대가리'는
무엇이니?

김서택

나는 어렸을 때 이 세상에서 가장 하기 싫은 것이 친척집에 쌀 얻으러 가는 것이었습니다. 집에 먹을 것이 떨어지면 어머니는 조그만 편지를 하나 적어 가까운 곳에 사는 삼촌 집에 나를 보내곤 하셨습니다. 나는 그 집 앞까지 가기는 하지만 안에 들어가지 못해서 삼십 분이건 한 시간이건 밖에서 빙빙 맴돌았습니다.

그러다가 내가 이것마저 얻어 가지 않으면 온 식구들이 굶겠구나 생각하면 죽기보다 더 싫은 그 짓(?)을 해야만 했습니다. 풀이 다 죽어서 삼촌 집에 들어가면 숙모는 어머니의 편지를 읽고 한숨을 한 번 쉬고는 말없이 쌀을 조금 퍼주시곤 했습니다.

나는 집에서 전당포 출입을 단골로 도맡아 했습니다. 집에 먹을 것이 없으면 점퍼나 코트를 들고 전당포에 가서 맡기는 것이 나의 일이었습니다. 어느 날 친구 집에 숙제를 하러 갔는데, 그 친구의 아버지가 바로 내가 다니던 전당포 주인아저씨였습니다. 서로 알아보고는 얼마나 당황했는지 모릅니다. 숨 막히게 더운 날도 열심히 공부했고, 저녁에는 시장에서 과일 행상을 하시는 어머니를 도왔습니다.

중학교 시험을 치르기 위해 서울에 올라왔는데, 그만 1차 시험에서 떨어져 버렸습니다. 집은 가난하지, 시험도 떨어졌지 나는 갈 곳이 없었습니다. 집에 내려가도 아무것도 먹을 것이 없었습니다. 그래서 아버지 친구가 운영하는 서울 근교의 양계장에 눌러앉게 되었습니다. 한두 달도 아니고 거의 몇 년을 그 양계장에서 무위도식하며 지냈습니다.

어느 날 양계장 아저씨가 그런 나를 놀렸습니다.

"너, 아주 팔자가 좋구나. 공부도 안 해도 되고, 일도 하지 않아도 되니……."

순간 나는 그 아저씨를 죽여야 한다고 생각할 정도로 분노를 느꼈습니다. 지금 학교에도 가지 못하고 빈둥거리고 있는 현실 때문에 속이 터질 지경인데, 그가 나를 놀렸다는 것이 참을 수 없었습니다. 나는 열심히 공부해서 검정고시를 치르고 서울대 공대에 입학했습니다.

그러나 청소년기를 양계장에서 보낸 상처는 쉬이 치료되지 않았습니다. '닭대가리'만 봐도 속에서부터 분노가 끓어올랐습니다. '만일 우리 집이 그렇게 망하지만 않았더라도 나는 훨씬 더 잘되어 있었을 텐데'라는 분노가 마음속에 늘 자리하고 있었습니다.

대학원에서는 전공을 바꾸어 국제 경영학을 전공했습니다. 그러나 그 어느 것도 나의 갈급한 마음을 채워 주지는 못했습니다. 몹시도 정신적으로 방황하고 죄의식으로 괴로워할 때 하나님은 나를 찾아와 주셨습니다. 그 뒤로 나는 닭고기를 먹게 되었고 닭대가리도 좋아하게 되었지요.

어렸을 적 나는 미 국무장관을 지낸 헨리 키신저처럼 되고 싶었습니다. 하버드 대학을 나와 좋은 대학에서 정치학 교수를 하는 것이 나의 꿈이었던 것 같습니다. 그러나 나의 인생은 양계장 때부터 틀어지기 시작했습니다.

나는 그 이유를 알 수 없었습니다. 그러나 세월이 많이 지난 후 나는 하나님이 처음부터 나에 대하여 선한 계획을 가지고 계셨음을 깨닫게 되었습니다. 비록 원하던 하버드 출신은 못 되었지만 하나님은 양계장을 통하여 내가 닭대가리를 사랑할 수 있게 하셨습니다.

목사가 되고 십 년 넘게 청소년 캠프를 해왔는데, 다른 재주는 없지만 이것도 재주라면 나는 어떤 청소년을 만나도 실제로 사랑하는 마음을 가지게 됩니다. 그 힘이 언제부터 생기게 되었을까? 아마도 닭을 다시 좋아하게 되면서부터였던 것 같습니다.

요즘 나는 닭을 창조하신 하나님을 찬양합니다. 닭이 없다면 많은 청소년들이 치킨을 어디서 먹을 수 있겠습니까?

 김서택

목사입니다. 서울대 공과대학 졸업 후 경영대학원을 마치고 총신대 신학대학원에서 신학을 공부하여 목사가 되었습니다. 가난한 청소년 시기를 보냈던 그는 청소년 및 대학생 사역에 힘을 쏟으며 수많은 젊은이들에게 영적인 도전과 비전을 심어 주었습니다. 이후 서울 제자들교회를 개척해 10년간 목회했고, 지금은 대구동부교회 담임목사로 일관되게 말씀 중심의 목회를 하고 있습니다.

넘버원이 아니라도
온리원이면 충분해

신은경

이런 이야기를 내 딸에게 하면 잔소리라 여기겠지만, 다른 엄마를 통해 듣는 여러분은 그래도 마음을 열고 듣지 않을까 하는 기대로 내 이야기를 들려드리고자 합니다.

고3 때였습니다. 마음먹은 대로 공부가 되지 않았습니다. 이대로라면 희망하는 대학에 못 갈 것이 뻔했습니다. 스스로가 너무 실망스럽고, 희망도 보이지 않아 좌절했습니다.

하지만 그대로 주저앉을 수는 없었습니다. 가족들은 여전히 내게 기대를 걸고 있었고, 무한한 사랑을 부어 주고 있었으니까요. 공부가 아닌 나의 다른 재능을 발견하고 격려해 주는 선생님도 계셨지요.

마음을 다잡고 다시 공부를 시작하기로 하고, 영어 책을 펴들었습니다. 그때 눈에 띈 영어 문장이 있었습니다.

'한 그루 나무 주변엔 수십만 개의 작은 풀이 존재합니다. 우리 모두 나무가 될 수는 없습니다. 당신이 아름드리 큰 나무가 아니라고 슬퍼하지 마세요. 세상에는 큰 나무도 의미 있지만 수많은 작은 풀도 모두 의미가 있습니다.'

아! 어쩜 이렇게 따뜻한 위로의 말이 있을까요? 작은 풀들도 의미가 있다고, 비록 내가 이름 없는 작은 풀로 살아간다 해도 괜찮다는 말이었습니다. 그 말이 나에게 얼마나 큰 위로가 되고 용기를 주었는지 모릅니다.

신이 우리를 왜, 무슨 목적으로 지으셨는지를 깨닫지 못하면 자꾸 남과 비교하게 됩니다. 우리는 모두 서로 다른 모양으로, 각기 다른 목적을 가지고 지어졌습니다. 어떤 친구는 작지만 아름다운 찻잔으로 지어졌고, 크지만 투박한 장독으로 지어진 사람도 있습니다.

귀한 찻잔은 손님이 오실 때만 내놓는 물건으로 사용되고,

듬직한 장독은 간장, 된장을 담아 오래 익히고, 김장 김치를 품고 겨우내 땅속에 묻혀 있어야 합니다. 그린가 하면 예쁜 꽃을 담고 한켠에 다소곳이 놓여 있는 꽃병으로 빚어진 사람도 있을 것입니다.

하나님이 찻잔으로 만들어 놓은 사람이 꽃병으로 만들어진 친구와 비교하며 왜 나는 이렇게 작은 거냐고 속을 부글부글 끓인다면 얼마나 어리석은 일일까요? 장독으로 만들어진 사람이 찻잔으로 손님상에 오르는 친구를 부러워하고 샘을 낸다면 얼마나 어리석은 일인가 말입니다.

우리는 모두 다 넘버원(Number One)이 될 수 없습니다. 내 분야에 온리원(Only One)이면 충분합니다. 그 소중함을 깨달아야 합니다. 그래야 행복합니다.

그렇게 귀한 진리를 깨달았지만, 나는 대학 입시 1차 시험에 떨어졌습니다. 후기 대학에 들어가 또 오랫동안 좌절의 시간을 보내야 했습니다.

그러나 그때의 실패가 나에게는 큰 보약이 되었음을 두고두고 느낍니다. 실패를 겪어 본 사람들의 마음을 누구보다 잘 이해하기에, 그들을 잘 위로할 줄 알게 되었습니다.

대한민국 최고의 대학을 나오진 못했지만 열심히 노력하고 성실하게 일하면 자신의 분야에서 일인자가 될 수 있다는 것도 증명해 보일 수 있었지요.

일류 대학을 나와, 그 대학의 좋은 평판과 선배들이 이끌어 주는 덕을 보며 사회생활을 쉽게 했다면, 나에게 치열함이나 열정, 추진력, 뜨거운 심장, 배려⋯⋯ 이런 단어는 아마 찾아보기 어려웠을 것입니다.

지금은 점수 몇 점, 석차 몇 등의 차이가 나를 슬프게도 하고 좌절하게도 할 것입니다. 힘이 늘 때는 눈을 감고 잠시 내 몸 안에 장착된 내비게이션을 켜보세요. 내가 지금 어떤 목적지를 향하여 가고 있는지 그 세밀한 음성에 귀를 기울여 보기 바랍니다.

내가 가고 싶은 길이 어디인지 어렴풋하게 보일 것입니다. 많이 뒤처져 있는 것 같았지만 생각보다 그리 걱정할 만큼은 아님을 발견하게 될 것입니다. 조금 느리지만, 때로 지치지만 내가 가고자 하는 그 길, 큰 꿈을 가지고 향해 가는 그 목적지가 저만치 보인다면 잘하고 있는 것입니다. 그러면 되는 것입니다.

세상은 모두 우리에게 빨리 달리라고 재촉하지만, 뜨겁게 뛰는 심장이 여러분의 고단한 머리를 식혀 주길 바랍니다.

 신은경

1980년대 TV 주요 뉴스를 단독으로 진행한 첫 여성 앵커입니다. KBS 아나운서로 일하면서도 외국어대 통번역 대학원을 다녔고, 휴직을 하고 유학을 떠나 영국 웨일스대에서 언론학 박사학위를 받았습니다. 지금은 차의과대 의료홍보영상학과 교수로 일하고 있습니다.

움직이기 전엔 '생각'이었던 것이 움직이면 '희망'이 된다

김정훈

서울에 사는 어떤 소년이 있습니다. 내성적이고 부끄러움을 많이 탔지만, 항상 머릿속 가득 새로운 세상에 대한 꿈을 품고 있었습니다. 이 소년은 너무 조용해 무엇 하나 눈에 띄지 않는 중고등학교 시절을 보냈습니다.

어느덧 청년이 되어 대학교에 가게 되었고, 지방에 있는 학교 기숙사에서 지내게 되었습니다. 이 청년의 대학 생활 역시 이전과 크게 다르지는 않았습니다. 내성적인 성격 탓에 어디를 가도 특별한 모습은 보이지 않았습니다.

군대를 가야 할 시기가 된 청년은 무언가 다른 경험을 하고 싶어졌습니다. 새로운 세상을 향한 모험을 하고 싶었습니다. 모두의 예상을 깨고 해병대에 자원입대한 것이지요. 살면서 처음 해본 적극적인 도전이었습니다. 해병대 생활은 누구나 예상하듯이 힘들고 고된 훈련의 연속이었습니다. 하지만 청년의 가슴속에는 이전에는 느끼지 못했던 두근거림이 있었습니다.

제대를 하고 다시 복학하게 되었을 때, 그는 더 넓은 세상에 대한 궁금증으로 전공과 거리가 먼 국제학 수업을 들었습니다. 당시 뜨거운 이슈였던 한국군의 이라크 파병에 대해 배우게 되었는데, 그는 수업 시간에 풀지 못한 궁금증을 이 내용을 잘 아는 누군가에게 물어보고 싶어졌습니다.

기숙사 침대에 누워 고민하던 중, 또 한 번의 도전을 해보기로 했습니다. 이라크 파병에 대한 궁금증을 풀기 위해 주한미군사령관, 주한미국대사, 한국 외교통상부 장관에게 편지를 보낸 것입니다. 결과는 놀라웠습니다. 그의 간절한 바람대로 편지를 보낸 세 분과 모두 만나게 되었고, 궁금증도 해결하게 되었습니다.

그리고 그는 평생의 멘토를 만나게 됩니다. 그분은 당시 반

기문 외교통상부 장관입니다. 자, 이 이야기는 어떻게 되었을까요? 정확히 7년 후 그는 다시 반기문 유엔 사무총장에게 편지를 쓰게 되고, 그가 하는 활동과 노력에 대해 칭찬과 격려를 받게 됩니다. 그는 유엔의 핵심사업인 유엔 새천년개발목표를 지원하는 기구에서 일하고 있었습니다.

단 한 번이라도 외국을 나가 보고 싶었던 소년. 그리고 첫 번째 해외 방문을 할 때 정부대표 외교사절로 나간 청년. 한동안 하루에 천 장이 넘는 접시를 닦으며 아르바이트를 했던 그 청년은 외교통상부 산하 한국국제협력단(KOICA), 대통령직인수위원회, G20개발의제포럼, 대외원조홍보단 등 정부의 주요 외교기관에서 모두 최연소 직책으로 일하게 됩니다.

또한 그가 스물아홉 살에 쓴 책은 베스트셀러가 됩니다. 그리고 지방대를 나온 그 청년은 이제 중국의 북경대, 일본의 리츠메이칸대, 국내 40여 개 대학교에서 초청받는 연사가 되었습니다.

그가 누구인지 궁금한가요? 바로 이 글을 쓰는 필자입니다. 비전과 열정을 가진 자에게 환경은 아무런 제약이 되지 않습니다. 내가 깨달은 것은 그 많은 생각과 꿈, 희망을 이루기 위해서

는, 결국은 반드시 단 한 번의 행동, 단 한 번의 실천이 필요하
다는 것이었습니다.

움직이기 전에는 '생각'이었던 것이, 움직인 후에는 '희망'이
됩니다.

 김정훈

공공외교 홍보 및 기획 전문가입니다. 글로벌 패션매거진 코스모폴리탄의 2009년 가장 열
정적인 인물에 선정된 바 있으며, 세계적인 명품브랜드 TOD'S 의 기획모델로도 발탁되었
습니다. 현재 SDGs(지속가능발전목표) 지원 한국협회 사무대표와 국회 UN SDGs 포럼 부
국장으로 협회와 포럼을 이끌고 있으며, 최근 글로벌기업 GE의 GE Women's Network 자
문위원으로 임명되었습니다.

세상의 기준과
내가 하고 싶은 일이
부딪친다면

이영진

   '빵 굽는 물리학자', 내게 따라다니는 별명입니다. 나는 서울
대학교 물리학과를 졸업하고 독일에서 물리학 석사를 마친 뒤
대덕연구단지에서 연구원으로 근무하고 있었습니다. 그러던
중 유학 시절 홈베이킹을 배웠던 아내가 집에서 빵 굽는 문화
를 우리나라에도 전파해야겠다며 부업을 선언하고 나섰고, 나
는 적극적으로 동의했습니다. 최선을 다해 돕기로 약속하고 근
무 외의 시간을 이용해 도와주게 되었습니다.

   아내가 빵 굽는 문화를 전파하기로 마음먹었던 데는 좋은

뜻이 있었습니다. 우선 집집마다 값비싸게 장만한 오븐이 제대로 활용되지 못한 채 전시용으로 전락한 것이 안타까웠습니다. 또 엄마의 정성과 사랑을 이해하지 못하고 어릴 때부터 모든 것을 돈으로 평가하려는 아이들의 모습을 보며 홈베이킹을 통해 우리 사회의 문화를 바꾸는 데 조금이라도 일조하고 싶다는 마음이 동기가 되었습니다.

이런 결심을 하고 주위의 동료 선후배들에게 의견을 물어보았습니다. 하지만 대부분 우리나라에서 그런 사업이 되겠느냐고 포기를 권유했습니다. 그러나 아내와 나는 이미 결심을 굳힌 상태라 주변의 우려 섞인 염려에도 사업을 시작했습니다. 예상 외로 많은 주부들의 적극적인 호응을 받아 사업은 점점 성장하게 되었습니다.

1년 후 사업 시작 전 강하게 반대했던 한 분을 만났는데, 그는 "그때 다른 사람들 말을 듣고 시작하기도 전에 포기했다면 얼마나 안타까웠을까요? 강한 의지로 시작하신 게 정말 다행이라고 생각해요" 하고 말했습니다. 우리의 선택이 옳았다는 것을 확신할 수 있었지요.

그러나 사업이 커지면서 갈등도 함께 커져 갔습니다. 이미 규모가 커져 버린 사업은 아내의 힘만으로는 유지하기가 어려웠고, 함께 시작했던 내 도움을 절실하게 필요로 했습니다. 남들이 부러워하는 연구원으로 안정적으로 살아갈 것인가, 아니면 전혀 생소한 사업 운영에 뛰어들 것인가를 두고 나는 깊은 고민에 빠졌습니다.

이때 또 한 번 주위 사람들은 외적으로 인정받을 수 있는 연구소에 남는 것이 더 나은 길이라고 충고해 주었습니다. 그러나 나는 진정으로 하고 싶은 일이 무엇인지를 진지하게 고민한 끝에 과감히 직업을 바꾸었습니다. 연구원 생활을 버리고 빵 굽는 문화의 전도자가 되기로 결심한 것이지요.

지금도 사람들은 자주 묻습니다. 물리학 연구원으로 일하는 것이 더 낫지 않느냐고요. 하지만 나는 그때마다 이렇게 대답합니다. 아무도 가지 않은 길을 가고 그 길을 개척하는 것이 평범한 연구원으로서의 삶보다는 훨씬 재미있고 보람을 느낀다고 말입니다.

나는 아직도 내 꿈을 이뤄 가고 있는 중이라고 생각합니다. 우리나라의 더 많은 가정에서 엄마의 사랑으로 굽는 빵 냄새가 솔솔 흘러나오는 날이 오기를 꿈꾸고 기다립니다. 그리고 내 선택이 헛되지 않도록 최선의 노력을 다하고 있습니다.

우리는 진심으로 자신이 어떤 삶을 살고 싶은지, 어떤 길을 걷고 싶은지 진지하게 생각해 보아야 합니다. 세상의 기준만 좇아서는 진정으로 보람된 인생을 살기가 어렵습니다. 다른 사람들이 다 좋다고 말하는 대학에 가는 것도 좋지만, 진정으로 내게 맞는 직업, 내가 하고 싶은 일을 선택할 수 있는 용기가 필요합니다.

그리고 자신이 진정으로 좋아해서 선택한 일이라면 과감하게 그 일에 자신을 내던지며, 그 길에 나의 흔적을 남기기 위해 인내하고 노력해야 합니다. 그러다 보면 아무도 가지 않은 길에 서서 참된 보람을 느끼는 자신을 발견할 수 있을 것입니다.

 이영진

홈베이킹 전문 기업 브레드가든 대표입니다. 1995년 7평 남짓한 가게에서 홈베이킹 클래스를 운영한 것이 시작이었습니다. 사업의 규모가 커지면서 1997년 연구원 직함을 버리고 사업가로 변신했습니다. 단순히 홈베이킹 도구를 파는 데 그치지 않고 한국식 홈베이킹 문화를 성장시켰다는 평가를 받고 있습니다.

나+나의 환경?
나+나의 꿈!

김승희

사춘기를 생각하면 무슨 '고통의 터널' 같았다는 느낌을 지울 수가 없습니다. 여러분도 다 알다시피 터널이란 이쪽 동네와 저쪽 동네 사이에 있는 산을 뚫고 그 속에 굴을 뚫어 낸 길입니다. 그러기에 터널 속은 어둡고 불안의 설렘이 있고 무서운 공포가 있습니다.

가령 터널 속에서 차가 막혀 오랫동안 멈춰 있어야 하는 일이라도 생기면 우리는 그 어둠과 초조에 숨이 막히고 되돌아갈 수 없을까, 어떻게 손쉽게 도망쳐 버릴 수 없을까 하고 별의별

궁리를 다하게 됩니다. 그러나 한번 터널 속으로 들어선 차는 앞으로 씽씽 추월해 버릴 수도 없고 (앞차가 빼곡하게 차 있으니까) 뒤로 물러서 도망쳐 버릴 수도 없습니다.

그렇다면 방법은 한 가지뿐입니다. 터널 속이 답답하고 숨이 막히더라도 저 터널 밖의 빛을 믿으면서 조금씩 앞으로 나아가려고 노력하는 것입니다. 도망쳐 버리고 싶은 충동을 극복하면서, '저 터널 밖 나의 빛이고 뭐고 다 싫다. 여기서 놀고 보자'라는 순간의 유혹을 경계하면서. 그러기에 사춘기의 문제란 유년과 성년 사이에 있는 고통의 터널을 뚫는 문제이고 결국 나와 싸우는 문제입니다.

사람은 누구나 하늘을 훨훨 날고 싶고 이상의 날개를 활짝 펼쳐 자신을 높은 자리에 두고 싶으나 스스로 '날개 부러진 매'라고 느끼는 시간이 많습니다. 십대들은 물론이거니와 이십 대, 삼십 대, 사십 대, 오십 대, 육십 대가 된 사람들도 그것은 마찬가지랍니다. 그러나 십대와 그 이후의 어른들의 차이란 아마도 이런 것이 아닐까 합니다.

십대들이 '나는 왜 훨훨 날지 못할까? 누가 매처럼 독수리처럼 강한 나의 날개를 부러뜨려 못 날게 하는가?'라고 좌절감의 원인을 외부(부모님이나 가정 혹은 자신의 환경)에서 찾고 그것을 고민하고 원망한다면, 어른들은 '나의 힘이 부족하구나, 그래서 날개가 부러졌구나' 하고 어쩔 수 없이 자신의 무력함을 탓할 수밖에 없다는 것입니다.

이런 면에서 십대의 좌절이나 고뇌는 어른들의 것보다 훨씬 더 가능성이 있고 희망의 여지가 있습니다. 어른들이란 노력할 만큼 했고 부딪쳐 볼 만큼 부딪쳐 보았기 때문에 날개 부러진 매가 된 자신의 신세가 결정적이라는 것을, 이제는 고칠 수 없다는 것을 압니다.

그러나 십대들의 좌절이나 불안은 얼마든지 고칠 수 있고 날개의 힘을 길러 얼마든지 창공을 날 수 있는 시간과 기회가 있으니, 결코 결정적인, 절대적인 좌절과 불운이 아니라고 말할 수밖에 없습니다. 우선 미래가 있지 않습니까?

십대 때의 고민은 주로 가정과 학교 안에서 일어나는 일들에 관한 것인데 혹시 부모님의 잘못된 생활이나 가정불화 때문에 고통받고 있다면 이런 시선으로 부모님을 다시 한번 재발견하고 이해해 본다면 어떨까요? '부모님 역시 자신의 부러진 날개 때문에 낙담하고 상처받고 좌절당해 저렇게 자학하는구나'

라고 말입니다. 그러면 '인생이라는 고통의 골짜기'를 괴로워하면서 함께 지나가야 하는 동료로서의 공감이나 연민 같은 것이 생겨날지도 모릅니다.

흔히 하는 말로 '부모는 운명이요, 성격은 반(半)팔자'라는 말이 있습니다. 성격 또한 부모님이 만든 가정 환경 안에서 거의 형성되는 것이니, 결국 부모가 나의 팔자요 운명이라는 아주 소극적이고 숙명론적인 말입니다.

나는 그 말을 들을 때마다 아주 심한 분노와 비애를 느낍니다. 왜냐하면 부모님이 생애 최초로 만난 우리들 각자의 기초 환경이라면, 우리는 기초 환경에 굴복당하는 종속된 존재라는 말밖에 되지 않기 때문입니다.

스페인의 유명한 철학자 오르테가 이 가세트는 인간이란 '나+나의 환경인가? 나+나의 꿈인가?'라고 물으며, 보잘것없는 영혼은 '나+나의 환경'이 될 것이고 강하고 빛나는 영혼은 '나+나의 꿈'이 될 수 있다고 말했습니다.

나 또한 좌절에 빠졌을 때나 환경 안에서 이길 수 없는 불행의 압력을 느낄 때 그 말을 자주 외워 보곤 했습니다. 나는 '나+나의 꿈'이 될 수 있다고. 그리고 그것은 나의 인생에 커다란 힘이 되어 주었습니다.

내가 날개 부러진 매라면 누가 나의 날개를 고쳐 줄까요? 그것은 나 자신밖에 할 수 없는 나의 일이겠지요. 인간은 누구나 자기 십자가를 지고 자기만의 골고다 언덕을 혼자 올라가는 외로운 존재입니다. '자기 십자가'는 친구에게도 부모에게도 선생님에게도 있습니다. 자기 십자가가 없는 인생은 없습니다.

자기 십자가를 메고 성실하게 자기만의 골고다를 오르다 보면 언젠가 닐게가 솟구쳐 오를 것입니다.

 김승희

'불의 여인', '언어의 테러리스트'라 불리는 시인입니다. 1973년 경향신문 신춘문예에 시 〈그림 속의 물〉이, 1994년 동아일보 신춘문예에 소설 〈산타페로 가는 사람〉이 당선되어 등단했습니다. 《희망이 외롭다》를 비롯해 아홉 권의 시집을 펴냈으며, 제5회 소월시문학상과 제2회 고정희상을 수상했습니다. 현재 서강대 국문학과 교수로 학생들을 가르치고 있습니다.

어른들의 거짓말을
믿지 마

김창완

어렸을 때 '서울 구경' 한번 안 해본 사람은 드물 것이다. 수학여행이나 친지 방문을 통해서 경험하는 서울 구경이 아니라 동네 골목에서 어른들이 대충의 방향을 잡고 귀를 잡고 들어 올려서 시켜 주는 서울 구경 말이다. 씩 웃으며 "서울 구경 시켜 줄까?" 하고 물어 오면 미처 "아니요" 소리가 나기도 전에 귀가 떨어져 나갈 것같이 공중에 들려져서 대롱거리던 서울 구경.

요즘도 마찬가지겠지만 당시는 여행에서 찻삯이 차지하는 비중이 상당히 컸다. 시간적으로는 다소 여유가 있었다 하더라도, 서울 나들이 한번 가기가 여간 어렵지 않았던 때에 서울에 가봤으면 하는 어린 소원이 밉살머리스럽고 내심 분통도 터져 어른들이 일부러 만들어, 스스로의 자책을 숨죽이려 했던 놀이임에 틀림없다.

서울 구경은 비교적 폐해가 적은 거짓말이다. 그러나 어른들의 거짓말은 거기에 그치지 않는다. 온갖 귀신 얘기며, 우리를 두려움에 떨게 하는 실화임을 주장하는 반공갈의 이야기는 너무 많다.

한심한 거짓말을 소개하겠다. 이 거짓말은 내가 사춘기를 지날 무렵부터 지금까지 줄곧 들어왔고 어처구니없지만 지금 나도 가끔씩 하는 거짓말이다.

"커보면 알아."

성숙하면서 알게 되는 것이 상당히 많다는 것은 사실이다. 성(性)적인 호기심에서 비롯되는 많은 현상, 그토록 골치 아프던 산술적인 계산에서의 해방, 물건 값에 대한 상대적인 비교 등은 커가면서 알아질 수도 있는 것이겠지만, "커보면 알아"라고 대답을 얼버무리는 수많은 질문은 커서도 알 수 없는 것이 대부분이다.

더욱 가증스러운 것은 서로 상반되는 거짓말을 동시에 유포하여 혼란스럽게 만든다는 것이다. 역사상 위대했던 사람들을 침이 마르게 외워 대면서 그저 평범한 게 제일이고, 딸이라면 봉급쟁이한테 시집가라고 닦달을 한다. 대체 행복이 뭐냐고, 인생이 뭐냐고 치받으면 대답은 뻔하다.

"커보면 알아."

그러나 어른들이 스스로 거짓말을 한다는 것을 모른다고 보기는 어렵다. 왜냐하면 우리들이 대화에 끼어드는 것을 엄격하게 제한하고 있다는 것이 그 증거일 수 있다.

"어른들이 말씀하시는데 나서지 마라."

이 말은 거짓말이 들통 나기 직전에 하는 최후통첩이다.

어른들의 수많은 거짓말 중에는 눈물겨운 거짓말도 있다. 대부분의 어른들은 자기의 인생이 왜곡되어 있다고 주장한다. 원래는 피아노 연주가가 되었어야 하는데 정치가가 되었다든지, 그때 잘 벌었던 돈을 관리만 잘했더라면 여생이 편안할 뿐만 아니라 너희들의 유산도 적지 않았을 것이라든지 하여간 뭔가 잘못된 구석이 있다는 것을 강조한다.

눈물 나는 대목은 그다음이다. 이것도 물론 거짓말이다.

"그러나 후회는 없다."

이 한마디로 거짓말로 점철되는 생을 정리하는 것이다.

거짓말은 희망이라는 유전인자의 표현형이다. 그러니 지구 저쪽은 절벽이라는 거짓말에 너무 참담한 조소를 퍼붓지 말자. 이 세상이 물과 공기와 바람으로 되어 있다는 것도 한심스러운 눈으로 보지 말자. 사랑에 빠지자마자 여러분도 창조적인 거짓말을 시작할 것이다.

거짓말은 이중성을 다소 순화시킬 것이며 적어도 혼과 살이 서로 뜯어져 버리는 것을 방지하게 될 것이다. 거짓말을 하면 절대 자유로울 수 없다. 거짓말이 있다 하여도 희망을 버릴 수는 없다.

자유는 희망을 먹고 자란다. 아! 목덜미가 간지럽고 머리카락이 제각기 다른 방향을 가리키고 눈동자가 불안하게 과거와 미래를 훑는다. 거짓말이 나오려고 한다.

 김창완

1977년 산울림으로 데뷔한 이후 30년이 넘게 가수와 연기자, 방송 진행자로 살아왔습니다. 판타지 소설 《사일런트 길자》를 썼으며, 2013년에는 동시 시인으로 등단하기도 했습니다. 어른들의 거짓말을 믿지 않았기 때문에 살아남을 수 있었다는 그가 십대들에게 하는 당부는 어른들의 말에 갇히지 말라는 것입니다. 자기 안에 더 큰 우주가 있으니까요.

읽고 나서 친구에게,
그리고 타인에게 권해 주는 책
십대들의 쪽지

흔들리는 십대들의 마음을 붙잡아 준 오랜 친구

〈십대들의 쪽지〉는 16절지 반쪽 크기의 종이 16쪽을 묶어 만든 소책자입니다. 신학교 졸업반이었던 김형모 씨가 아끼던 책을 팔아 마련한 돈으로 1984년 9월 발행한 것이 〈십대들의 쪽지〉의 시작입니다. 그는 처음 5천 부를 만들어 광화문, 종로 등 십대들이 모이는 곳에 나가 직접 나눠 주었습니다.

청소년들의 상담 내용과 사회 명사의 청소년 시절 이야기, 좋은 글귀 등이 실린 이 작은 책에 대한 십대들의 반응은 뜨거웠습니다. 청소년 상담 문화라는 것이 없던 시절 〈십대들의 쪽지〉는 십대들이 말 못할 고민을 털어놓는 탈출구가 되었고, 시대의 아이콘으로 자리 잡았습니다.

십대가 모이는 곳이면 어디든 '십대들의 쪽지'라고 쓰인 소책자가 있었습니다. 교실에서 〈십대들의 쪽지〉를 돌려 보았고, 전화 사서함을 이용해 직접 고민을 털어놓기도 했습니다. 그리고 원고료도 없는 이 소책자의 취지에 공감한 많은 명사들이 〈십대들의 쪽지〉에 진심을 담은 글을 썼습니다.

힘들어서 그만둘까 봐 딸 이름을 쪽지라고 지은 사람

〈십대들의 쪽지〉가 정부 후원금도, 광고도 없이 30년간 이어져 올 수 있었던 것은 김형모 발행인의 열정과 신념이 있었기에 가능한 일이었습니다. 그는 힘들어서 쪽

지 발행을 그만두게 될까 봐 딸 이름도 '쪽지'라고 지었습니다.

2008년 급성췌장염으로 세상을 떠나기 직전까지 그는 자신이 사재를 털어 가며 25년간 십대들의 쪽지를 만들어 전국 초·중·고등학교와 청소년 단체에 무료로 보냈습니다. 십대들의 수많은 편지에 일일이 답장을 보냈고, 어떤 때는 직접 달려가 함께 울어 주었습니다.

그는 아이의 분유 값까지 아껴 가며 발행 비용을 마련했고, 더러는 막노동을 하기도 했습니다. 강연 수입과 책 인세를 모두 쏟아부었고, IMF 때는 강연 수입이 줄어 전셋집을 내놓고 매트리스 하나 간신히 들어갈 옥탑방에 살며 제작비를 마련하기도 했습니다. 지금은 그의 뜻을 이어 아내 강금주 씨가 〈십대들의 쪽지〉를 발행하고 있습니다.

누구에게도 말 못할 고민이 있다면 쪽지에 편지를 보내세요

전화 02-783-7978 **홈페이지** www.chocji.org **메일** samushil@gmail.com
주소 서울시 영등포구 여의도동 61-3 라이프오피스텔 913호

별이 빛나는 건
흔들리기 때문이야

1판 1쇄 발행 2014년 12월 16일
1판 14쇄 발행 2021년 12월 27일

지은이 김제동, 김창완, 조수미, 이현세, 최재천 외 41인
그린이 방인영
펴낸이 김성구

주간 이동은
콘텐츠본부 고혁 송은하 김초록 김지용
디자인 이영민
마케팅 송영우 어찬 윤다영
관 리 박현주

펴낸곳 (주)샘터사
등 록 2001년 10월 15일 제1-2923호
주 소 서울시 종로구 창경궁로35길 26 2층 (03076)
전 화 02-763-8965 (콘텐츠본부) 02-763-8966 (마케팅본부)
팩 스 02-3672-1873 **이메일** book@isamtoh.com **홈페이지** www.isamtoh.com

ISBN 978-89-464-1883-7 43810

값은 뒤표지에 있습니다.
잘못 만들어진 책은 구입처에서 교환해 드립니다.